KB113895

임영기 新무협 판타지 소설

FANTASTIC ORIENTAL HEROES

와룡봉추 6
임영기 新무협 판타지 소설

초판 1쇄 찍은 날 § 2019년 5월 10일
초판 1쇄 펴낸 날 § 2019년 5월 17일

지은이 § 임영기
펴낸이 § 서경석

총괄팀장 § 노종아
편집책임 § 김경민

펴낸곳 § 도서출판 청어람
등록번호 § 제387-1999-000006호
등록일자 § 1999. 5. 31
어람번호 § 제2-2787호

주소 § 경기도 부천시 부일로 483번길 40 서경B/D 3F (우) 14640
전화 § 032-656-4452 팩스 § 032-656-4453
http://www.chungeoram.com
E-mail § chungeorambook@daum.net

ISBN 979-11-04-91992-3 04810
ISBN 979-11-04-91921-3 (세트)

도서출판 청람

6

와룡봉추

임영기 新무협 판타지 소설

FANTASTIC ORIENTAL HEROES

目次

第一章
천마혈계(天魔血計)

푸드득…….

붉은 기운이 감도는 새 한 마리가 새파란 하늘에서 운룡재 삼 층으로 내리꽂히더니 열어놓은 창으로 날아들었다.

새는 실내를 한 바퀴 돌고 나서 탁자 위에 마련된 횃대에 익숙하게 앉았다.

그 새는 비둘기보다는 크고 독수리보다는 작은 크기의 한 마리 붉은 매였다.

붉은 매가 앉은 횃대 옆에는 천장에서부터 노란색의 긴 줄 이 늘어뜨려져 있는데 붉은 매는 부리로 줄을 잡더니 고개를 끄떡여서 몇 차례 줄을 당겼다.

딸랑딸랑…….

그러자 줄 위쪽에 매달려 있는 금빛 작은 방울에서 청아한 소리가 나서 멀리까지 퍼졌다.

잠시 후에 서재의 문이 열리고 방울 소리를 들은 화운룡이 들어왔다.

그는 미소를 지으면서 붉은 매에게 다가와 머리를 쓰다듬으며 칭찬했다.

"비홍(飛紅)아, 오느라 애썼다."

북경 만경루 비응신에서 이곳까지 먼 길을 날아온 붉은 매 비홍은 화운룡의 말을 알아들은 듯 그의 팔에 부리와 머리를 부비면서 낮게 울었다.

구구구…….

천중인계 사신천가 중에서 백호뇌가의 굵직한 몸통은 밖으로 드러나지 않았으나 여러 가지 중에서 하나가 뻗어 나와 있으며 그것이 바로 비응신이다.

비응신은 천하 남칠성북육성의 각 성도(省都)에 주루나 기루를 하나씩 운영하고 있으며 그곳들이 비응신에 청부를 하는 비밀 장소로 이용되고 있다.

횃대에 앉아 있는 비홍은 북경 만경루를 출발하여 한나절 만에 무려 삼천 리나 떨어진 이곳 태주현 비룡은월문에 도착한 것이다.

매를 길들여서 사냥에 사용하기는 하지만 전서용(傳書用)으로 이용하는 예는 고금을 통틀어서 비응신뿐이다.

전서구, 즉 비둘기는 북경에서 태주현까지 꼬박 이틀이 걸리는 것에 비하면 한나절 만에 도착하는 비홍이 얼마나 빠른지 알 수 있다.

또한 전서구들은 날아오는 도중 맹금류의 공격을 받아 죽거나 다치는 바람에 서찰이 분실되는 사고가 간혹 있지만, 비홍은 절대로 그럴 일이 없다. 비홍 자신이 바로 맹금류이기 때문이다.

화운룡은 비홍의 발목에 부착된 대롱에서 돌돌 말린 종이, 즉 서찰을 뽑았다.

그가 서찰을 읽는 동안 소랑이 싱싱한 살코기가 담긴 접시를 갖고 와서 비홍에게 먹였다.

(주인님, 광덕왕이 장악하거나 광덕왕을 돕는 방파와 문파, 인물들에 대해서 우선 알아낸 대로 적어 보내 드립니다.

동창과 황궁호위대, 구문제독부가 광덕왕에게 완전히 장악된 것으로 보입니다.

천외신계의 모습은 아직 표면으로 드러나지 않은 것 같습니다만 의심스러운 문파가 한 곳 있습니다.

하북팽가(河北彭家)입니다. 광덕왕이 그곳에 두 번 방문했으며 광덕왕의 아들과 딸이 하북팽가에서 기거하고 있습니다. 그곳의 무공을 배우고 있는 듯합니다.

저는 의제 죽장몽개의 도움을 받아서 광덕왕의 세력을 감시하는 데 개방 거지들을 이용하고 있습니다.

더 자세한 내용은 그곳에 곧 도착하게 될 죽장몽개에게 직접 들으십시오.

주인님의 충실한 종 원종 올림.〉

화운룡은 서찰을 읽고 나서 생각에 잠겼다.

그는 현재 천외신계의 천하 도모에 대처할 생각이 없다.

천외신계를 상대하려면 그 자신을 비롯한 가족과 측근들을 모두 담보로 잡고 최악의 경우에는 그들이 희생될지도 모르는데, 그에겐 그럴 자신도 없지만 그럴 권리도 없었다.

그는 과거 육십사 년이라는 긴 세월을 복수와 천하일통이라는 목표에 매달려서 인생을 허비했다. 최소한 그 자신은 그것을 '허비'라고 생각했다.

하지만 지금은 가족이 다 무사하므로 복수를 할 필요가 없으며 이미 한 번 이루어본 천하일통이라는 것이 허황된 꿈이라는 사실을 몸소 체험했기 때문에, 또다시 그런 부질없는 짓을 하고 싶지가 않았다.

광덕왕이 황제가 되는 것도 관심이 없다. 그가 장인이 될 주천곤과 옥봉 일가를 건드리지만 않는다면 광덕왕이 황제가 되든 말든 상관하지 않을 것이다.

화운룡은 주천곤의 일을 될 수 있는 한 크게 확대하지 않은 상황에서 해결하고 싶었다.

그의 목적은 오로지 자신과 가족, 측근들의 평화와 행복이기 때문이다.

현재 천외신계의 준동이 정확하게 밝혀진 곳은 태사해문의 배후 세력 정도이지만 파고들면 더 많이 나올 것이다.

그렇지만 더 파고들 이유가 없었다. 천외신계가 화운룡과 비룡은월문을 내버려 둔다면 그도 그들이 뭘 하든 모른 체할 수 있었다.

점심 식사 직전 화운룡이 씻고 나오자 기다리고 있던 장하문이 보고했다.

"주군, 창천이 왔습니다."

화운룡은 장하문과 창천을 데리고 서재로 올라갔다.

화운룡이 홍예에게 납치되자 장하문은 혹시 천외신계의 소행이 아닐까 해서 창천을 숭무문으로 보냈다.

이후 화운룡이 무사히 돌아왔지만 기왕지사 보낸 것 창천에게 며칠 동안 숭무문을 감시하라고 놔두었다.

"앉아라."

화운룡은 자신이 서 있지 않는 한 어떤 수하라도 선 채로 보고하게 하지 않았다.

자신이 식사를 하고 있다면 같이 식사를 하도록 하고, 술을 마시고 있다면 앉혀서 함께 술을 마시며 보고를 듣는 것이 그가 새롭게 만든 방식이다.

소랑이 세 사람 앞에 놓인 찻잔에 향긋한 차를 따랐다.

창천이 보고했다.

"숭무문은 아무런 움직임이 없습니다. 다만 그저께 저녁나절에 한 인물이 숭무문에 왔습니다."

그저께 정오 무렵에 화운룡은 분천 포구에 있는 객점에서 그를 납치하려는 천외신계 녹성고수 열 명의 급습을 받았다.

장하문은 숭무문에서 그들을 보낸 것이 아닐까 의심했다.

"제가 보기에 숭무문에 찾아온 자는 숭무문주와 대등한 신분인 것 같았습니다. 그자는 약 한 시진 동안 숭무문주와 은밀한 대화를 나눈 후에 떠났습니다만 그들의 대화를 엿듣지 못했습니다. 죄송합니다."

"괜찮다."

생사현관이 타통된 창천은 공력만 높을 뿐이지 아직 무공 수준이 공력에 이르지 못한 상태다.

"그래서 숭무문을 떠나는 그자를 미행했습니다. 그랬더니 숭무문에서 삼십여 리 떨어진 청검문(靑劍門)이라는 곳으로 들어갔습니다. 그자는 청검문주였습니다."

청검문은 태사해문에 합류한 이십삼 개 문파 중 하나다.

화운룡이 차를 마시는 것을 보면서 장하문이 말했다.

"청검문주는 아무래도 그저께 분천 포구 객점에서 주군을 습격했던 녹성고수들의 우두머리인 것 같습니다."

청검문주 정도 되는 인물이라면 천외신계에서 일개 녹성고수보다는 높은 신분일 것이다.

그렇다면 청검문주의 진짜 신분은 목 뒤에 두 개의 녹성문이 있는 양녹성고수 정도 될 듯하다.

그자는 녹성고수 열 명이 화운룡을 납치하려다가 홍예 등세 명에게 변변히 반격도 못 한 채 죽음을 당하고, 또 비룡은월문의 무령강전에 죽는 광경을 똑똑히 목격하고는 그 자리를 떠난 것이 분명하다.

웬만하면 자신이 직접 나서서 화운룡을 납치하려고 했겠지만 홍예 등이 있어서 물러난 것 같다.

"그자가 객점 앞에서 벌어진 일들을 목격했다면 주군을 평범한 비룡은월문 문주라고 생각하지는 않았을 것입니다."

장하문이 진지한 얼굴로 말했다.

화운룡은 분천 포구 객점에서 돌아온 후에 장하문에게 홍예가 누군지에 대해서 설명을 해주었다.

즉, 천중인계 사신천가 중에 백호뇌가의 소가주이며 화운룡 자신이 사신천제라고 말해주었다.

장하문에게는 굳이 감추고 싶지 않았지만 여태까지 말할 기회가 없었다.

지난번 원종이 화운룡을 '사신천제'라고 부를 때 그 자리에 장하문도 같이 있었다.

장하문은 그때 '사신천제'라는 말을 처음 들었지만 그것이 무엇인지 어렴풋이 짐작할 수 있었다.

왜냐하면 그 당시에 천외신계라는 말이 나온 직후 '사신천제'라는 말이 나왔기 때문이다.

그러나 장하문은 화운룡이 천외신계를 정면으로 상대할 생각이 추호도 없다는 사실을 알고 있다.

화운룡이 찻잔을 내려놓았다.

"당 문주에게선 연락이 없나?"

사해검문 문주 당평원은 비룡은월문을 공격하다가 외려 중상을 입고 붙잡혀서 화운룡에게 치료를 받는 과정에, 태극신궁과 사해검문이 천외신계에게 장악됐다는 사실을 천외신계 졸개인 녹성고수에게 직접 들어서 알게 되었다.

이후 그는 화운룡의 사람이 되고 나서 사해검문에서 천외신계 인물들을 말끔히 추려내겠다고 천명하고는 사해검문으로 돌아갔다.

그렇지만 당평원이 어떤 연락이라도 하지 않는 한 화운룡으로선 사해검문 일이 어떻게 진행되는지 알 도리가 없다.

"없습니다. 그렇지만 잘 진행되고 있을 겁니다."

예로부터 무소식이 희소식이라고 했다.

"그렇겠지."

강소성 남쪽 지역의 패자인 사해검문의 문주 정도 되면 어중이떠중이가 아니다.

사해검문에서 별다른 일이 발생하지 않고 특기할 만한 소문이 없다는 것은 당평원이 순조롭게 비밀리에 천외선계 인물들을 솎아내고 있는 것으로 봐야 한다.

"주군, 제가 제일 걱정하는 것이 있습니다."

장하문이 조심스럽게 말했다.

화운룡은 그가 무슨 말을 할지 짐작했지만 잠자코 차를 마시기만 했다.

"주군에 대한 납치와 암살입니다."

화운룡은 태연한데 창천은 긴장한 모습이 역력했다. 오늘 아주 작정을 하고 어려운 말을 하려는 것 같다.

장하문은 입술이 타는지 혀로 입술을 축인 후 말을 이었다.

"이틀 전에 천외신계 녹성고수들이 주군을 습격한 것으로 미루어 놈들은 더 이상 태사해문에 주군을 맡기지 않고 직접 나서기로 한 것 같습니다."

화운룡은 아무런 반응을 보이지 않았다.

"분천 포구에서 주군을 습격했던 열 명의 목 뒤를 확인한 결과 녹성문이 하나 새겨진 녹성고수로 밝혀졌습니다. 그들은 천외신계의 최하급입니다."

그 말은 천외신계가 다음번에는 더 고강한 고수들을 화운룡에게 보낼 것이라는 뜻이다.

"그리고 광덕왕이 계속 잠잠하게 있을 것이라는 보장이 없습니다. 오늘 당장 광덕왕이 보낸 고수들이나 살수가 들이닥친다고 해도 이상한 일이 아닙니다."

광덕왕의 표적은 주천곤과 가족들이지만 화운룡이 보호하고 있으므로 그를 비롯한 비룡은월문 전체가 표적이 되었다고 할 수 있다.

장하문이 목소리에 조금 힘을 주었다.

"운설을 부르십시오."

결국 그는 본론을 꺼냈다. 운설의 천하제일 살수 조직 혈영단이 화운룡을 호위한다면 안심할 수 있다는 뜻이다.

화운룡이 마시던 차를 다 마시고 나서 찻잔을 내려놓을 때까지 기다렸다가 장하문이 말했다.

"그 방법뿐입니다. 아니면 다 죽습니다."

"이봐, 하룡."

장하문은 화운룡이 반박할 틈을 주지 않았다.

"주군은 십룡위 중에서 가장 약한 두 명의 합공조차 감당하지 못할 정도로 약합니다. 그리고 우리 모두가 하루 종일 주군 주위를 겹겹이 호위하고 있어도 암습자를 감당하지 못하는 순간이 올 겁니다. 그때가 도래하면 끝입니다."

장하문은 얼마 전까지 십절무황이었던 화운룡의 자존심을 땅바닥으로 끌어내렸다.

"그렇지만 운설은……."

"주군께서 부르시면 그녀는 올 겁니다. 아시잖습니까? 저는 그때 운설을 보고 그렇게 느꼈습니다."

화운룡이 무슨 말을 하려고만 하면 장하문이 톡톡 끊었다. 그가 이런 적은 한 번도 없었는데 상황이 그만큼 급박하다는 뜻이다.

"운설도 무황십이신이고 그녀도 그걸 알고 있잖습니까? 제가 주군께 충성하듯이 운설도 그럴 겁니다. 그런데 대체 뭘 꺼려하시는 겁니까?"

"너 정말……."

화운룡은 순간적으로 자신이 팔십사 세인데 새파랗게 어린 장하문이 바득바득 달려드는 것 같아서 발끈했다.

그러나 그는 곧 자신이 현재는 스무 살이라는 사실을 깨달고 내심 쓴웃음을 지었다.

"운설은 안 된다."

"이유가 뭡니까?"

창천은 두 사람의 얘기를 다 알아듣겠는데 '무황십이신'이
무엇인지 몰랐다.

장하문은 자신도 운설도 무황십이신이라고 말했다. 화운룡
이 십절무황이었다는 사실을 모르는 창천은 그에게 '무황십이
신'이라는 어마어마한 이름의 또 다른 수하들이 있을 것이라
고 나름 추측했다.

장하문은 화운룡이 뭐라고 말하기도 전에 다그쳤다.

"오늘 밤에라도 당장 천외신계가 들이닥치면 어쩌시려는 겁
니까? 주군께서는 스스로 '난 살 만큼 살았으니까 이제 죽어
도 여한이 없다'라고 생각하시는 겁니까?"

"어허, 이놈이 그래도……."

"주군께서 돌아가셨다고 칩시다. 그럼 남아 있는 사람들은
뭡니까? 공주님과 정현왕 전하와 주군의 가족들, 주군만 믿고
따르는 저를 비롯한 많은 사람들은 도대체 어쩌라는 겁니까?
같이 따라서 죽을까요?"

화운룡은 씁쓸한 표정을 지었다.

장하문이 굳이 그런 말을 하지 않더라도 화운룡은 그 사실
을 더 잘 알고 있었다.

장하문이 창천에게 문을 가리켰다.

"자넨 그만 나가게."

창천이 나가자 장하문은 더 노골적으로 물었다.

"운설하고 무슨 일이 있었습니까?"

장하문은 화운룡이 제남 은한천궁에서 만공상판의 일로 혈영단주 설운설을 만난 이후, 그녀가 그를 따라서 태주현까지 와서 많은 도움을 주었다는 사실까지만 알고 있다.

그때 운설은 주천곤과 사유란을 구하러 양주에 갔다가 화운룡의 부탁을 받았다.

양주 한암장에 거주하게 될 주천곤 부부와 일족들을 혈영단이 호위해 달라는 것이었는데 운설이 일언지하에 거절했었다. 살수 조직은 호위 같은 것은 하지 않는다는 것이 그녀가 말한 이유였다.

천하제일의 살수 조직인 혈영단이 왕족을 호위한다는 것은 있을 수 없는 일이고 세상 사람들이 그 사실을 알게 되면 웃음거리가 될 것이라는 얘기다.

그렇지만 화운룡은 운설의 거절에 기분이 몹시 상했다. 십절무황이었던 그는 누구에게 부탁을 하는 경우가 거의 없었으며 부탁을 했을 때 거절당한 경우는 단 한 번도 없었다.

그 당시에 화운룡은 절반은 부탁이고 절반은 애원하는 심정으로 '용설운'이라는 말까지 했다.

그때 운설은 '용설운'의 의미를 즉시 알아차렸다.

"혹시 당신 이름의 '용'을 따고 내 이름의 '설', 그리고 우리 두 사람 다 구름 '운'을 쓰니까 사람들이 용설운이라고 부른 건가요?"

'용설운'은 무황성에서 측근들이 화운룡과 운설이 부부 같다고 해서 부른 이름이다. 그만큼 운설은 화운룡하고 가까운 사이였다.

그런데도 운설의 반응이 시큰둥하자 화운룡은 이렇게까지 저자세로 운설의 자비에 매달려야 하는 자신의 모습이 비참해서 운설에게 '너하고의 인연은 여기까지다'라고 일축한 후 그녀에게 등을 돌리고 나왔다.

그 길로 운설은 혈영살수들을 데리고 양주를 떠났고 이후 지금껏 서로 연락이 없다.

그러고 나서 화운룡은 주천곤과 사유란을 해남비룡문으로 데리고 오다가, 중간에 사고가 나서 호위장령은 죽음을 당하고 주천곤은 실종됐으며 그와 사유란은 몇 번이나 죽을 고비를 맞이하는 험난한 경험을 했다.

운설이 매몰차게 떠났기 때문에 그런 일이 벌어졌다고 생각하게 된 화운룡은 죽을 때까지 두 번 다시는 운설을 보고 싶지 않다는 심정이었다.

배은망덕도 유분수지 그가 운설을 얼마나 도와주었으며 그토록 큰 은혜를 베풀었는데 별로 어렵지도 않은 부탁을 감히 딱 잘라서 거절하다니, 절대로 용서할 수 없는 짓이었다.

방금 장하문이 운설하고 무슨 일이 있었느냐고 물었지만 거기에 대해서 대답하고 싶지 않았다. 말하면 자존심이 더 상할 것 같았다.

그렇지만 장하문은 화운룡의 얼굴에 은은한 노기가 서리는 것을 보고는 그가 운설에게 단단히 화가 났을지도 모른다고 짐작했다.

"주군과 운설 사이의 일들은 아직 아무것도 일어나지 않았습니다."

화운룡이 미간을 좁히며 쳐다보자 장하문은 배에 힘을 주고 용기를 내어 말을 이었다.

"주군께선 꿈을 꾸신 것일 수도 있습니다."

"무슨 소리야? 내가 육십사 년이나 더 살다가 온 것이 한낱 꿈이라는 말이냐?"

"주군께서는 그것들을 육십사 년에 걸쳐서 직접 겪으셨지만 육십사 년 전으로 다시 돌아오셨으니까 없었던 일이 돼버렸다는 뜻입니다."

화운룡의 짙은 눈썹이 꿈틀거렸다.

"주군께서 육십사 년 전 현재의 이십 세로 돌아오시고 난 이후부터 일어난 일들이 그때와 똑같았습니까?"

똑같지 않았다. 해남비룡문이 멸문당하지 않은 것이나 장하문을 오 년이나 일찍 만난 것, 십칠 세 옥봉을 만났던 것 등은 예전 삶에는 없었던 일이다.

"만약 어느 날 갑자기 주군께서 육십사 년 후 십절무황으로 돌아가신다면 그것들이 그 자리에 고스란히 있을지도 모르겠지만, 지금 여기에는 아무것도 없습니다. 그것들을 증명할 그 무엇도 없지요. 그러니까 그것이 주군께는 실제 있었던 일이지만 저희들에겐 꿈이라는 겁니다. 일장춘몽 꿈같다는 뜻이지요. 지금 여기에 있는 것이 현실이고요."

"음……."

장하문의 말이 백번 옳아서 화운룡은 아무 말도 못 하고 무거운 신음을 흘렸다.

조목조목 따지듯이 말 잘하는 장하문이 얄밉기까지 했지만 반박할 말이 없었다.

"주군께 일어났던 육십사 년 전 그 일들은 저에게도 운설에게도 아직 일어나지 않았습니다. 그러니까 저와 운설은 주군의 지난 생애하고는 하등의 연관이 없는 것입니다. 저희들과 주군의 인연은 지금부터 시작이라는 겁니다."

화운룡은 장하문이 무슨 말을 하는지 이해했다. 하지만 이

대로 허무하게 그의 말을 수긍하고 싶지 않았다.

"내 삶에는 자네도 운설도 있었다."

"거기에 있는 장하문은 여기에 있는 제가 아닙니다. 거기에 계셨던 십절무황이 여기에 계신 주군이 아니듯 말입니다. 현실의 주군께선 비룡은월문 문주이십니다."

"그럼 자네는 뭔가?"

"저는 주군의 꿈을 믿는 유일한 바보지요."

장하문의 말이 맞다.

지금 여기에 있는 삶과 화운룡이 살았던 삶이 서로 연결되어 있어서 언제라도 그곳에 갈 수 있고 돌아올 수도 있다면, 그 삶이든 이 삶이든 둘 다 현실일 것이다.

그렇지만 아무리 애를 써도 돌아가지 못하는 삶은 그저 한낱 꿈일 뿐이다.

장하문 말대로 어쩌면 십절무황의 삶이 정말 꿈이었는지도 모른다. 아니면 지금 이 삶이 꿈일지도 모르는 것이다.

화운룡은 눈을 껌뻑거리면서 맞은편에 앉아 있는 장하문을 쳐다보았다.

꿈이라면 이렇게 생생하게 실감 날 리가 없다. 그렇다면 십절무황 시절의 삶도 꿈이 아니다. 그것 역시 이것처럼 생생했으니까 말이다.

그렇지만 그것은 현실이면서도 꿈이다. 무황성에 어마어마한 재물이 있었으나 지금으로선 한 푼도 사용할 수 없는 것이나, 꿈속에서 굉장한 부자가 됐는데 깨어나 보니까 말짱 소용이 없는 것과 무엇이 다르겠는가.

장하문은 정중하게 말했다.

"주군께서는 저와 생활하시는 것이 두 번째지만 저에게는 처음입니다. 그것은 운설도 마찬가지입니다. 그러니까 주군께서 지난 삶에서 저와 운설에게 베푸셨던 은혜 같은 것들을 저희들은 하나도 모릅니다. 주군께서 그것에 대해서 말씀하시면 저희들 머리로 기억은 하겠지만 가슴으로 받아들이지는 못하는 겁니다."

그러니까 화운룡이 무슨 일 때문에 운설에게 화가 났든 배신감이나 섭섭함이 있더라도 그것은 오로지 화운룡 혼자만의 생각이라는 것이다.

그런데도 지난번에 화운룡은 운설에게 자신의 수하를 부리듯이 함부로 말했다가 그녀가 거절하자 화가 났던 것이다.

장하문이 일어섰다.

"주군, 부디 운설을 불러주십시오."

그는 공손히 허리를 굽히고 나서 밖으로 나갔다.

화운룡은 장하문이 나간 닫힌 문을 물끄러미 응시했다.

조금 전 장하문이 했던 말이 그의 귓속에서 맴돌았다.

"저는 주군의 꿈을 믿는 유일한 바보지요."

                    *   *   *

하남성(河南省) 개봉(開封) 외곽 강 언덕에 위치한 한 채의 아담한 장원이 있다.

고월장(孤月莊)이라는 이름의 장원이다.

달빛도 없는 늦여름의 캄캄한 밤, 장원의 깊은 심처에 몇 사람이 모여 있다.

실내에는 다섯 사람이 둥근 탁자에 둘러앉아 있으며 의자 하나가 비어 있는 것으로 봐서 와야 할 사람이 아직 한 명 오지 않은 것 같았다.

실내의 사람들은 다들 평범한 복장을 하고 있지만 공통점이 두 개 있다.

다들 무림인 복장이 아니라는 것과 모두 중년 이상의 지긋한 나이라는 사실이다.

그리 크지 않은 실내의 양쪽 벽에는 두 개의 유등이 걸려 있어서 부윰한 빛을 뿌리고 있었다.

다섯 명 앞에는 찻잔이 하나씩 놓여 있지만 차를 마시는 사람은 아무도 없었다.

실내에는 자욱한 적막만이 흐르고 있었다. 아무도 말하지 않고 아무도 움직임이 없으며 그저 꼿꼿하게 앉아서 눈을 감거나 뜨고 깊은 생각에 잠겨 있는 모습들이다.

그러더니 어느 순간 다섯 명이 일제히 고개를 돌려 문 쪽을 쳐다보았다.

사실 이들은 모두 절정고수들이라서 문밖에서 나는 흐릿한 기척을 동시에 감지했다.

척!

문이 열리고 곧 한 사람이 안으로 들어서자 뒤쪽에서 문이 닫혔다.

들어선 사람은 가볍게 고개를 숙여 모두에게 묵례를 보내고 이끌리듯이 빈 의자에 앉았다.

방금 자리에 앉은 사람은 이곳 개봉에서 만여 리나 멀리 떨어진 청해성(靑海省) 곤륜산(崑崙山)에서 오는 길이다.

"늦었소이다."

천상으로 오르는 길이 있다는 전설의 곤륜산에서 온 시커멓고 긴 흑염을 기른 인물은 고요한 눈빛으로 좌중의 사람들을 한 명씩 쳐다보는 것으로 인사를 대신하며 포권을 했다.

그와 눈이 마주친 사람들은 엷은 미소를 지으며 가볍게 고개를 끄떡여서 화답했다.

"아미타불… 먼 길을 오시느라 다들 수고가 많았소이다."

곤륜산에서 온 인물 맞은편에 앉은 노승이 입을 열었다.

긴 흰 수염에 눈썹까지 흰 데다 머리에는 열 개의 계인(契印)이 찍힌 노승은 매우 인자한 외모다.

그는 당금 소림사의 방장, 즉 장문인으로 원각선사(元覺禪師)이며, 이곳 하남성에서는 무림인과 백성들에게 가장 존경받는 인물이다.

그가 바로 오늘의 비밀 회합을 주관했다. 그의 부름이 아니었다면 이런 쟁쟁한 인물들이 한자리에 모이는 일은 결코 쉽지 않았을 터이다.

"빈도는 원각선사의 급한 전갈을 받고 영문도 모른 채 부랴부랴 달려왔소. 도대체 무슨 일이오?"

섬서성(陝西省) 화산에서 온 화산파(華山派) 장문인 자하선인(紫霞仙人)이 진중한 표정으로 원각선사에게 물었다.

원각선사는 옆에 앉은 사십 대 후반의 네모진 얼굴에 짧은 수염을 기른 인물을 가리켰다.

"이 시주는 삼 년 전에 개방의 방주가 된 신풍개(迅風丐)외다. 그가 설명할 것이오."

사부인 개방의 전대 방주가 천수를 다하여 삼 년 전에 죽자 제자인 신풍개가 개방의 새로운 방주가 됐다는 사실은 모두들 익히 알고 있었지만 그를 직접 보는 것은 이 자리가 처음이라서 원각선사를 제외한 네 사람은 고개를 끄떡여 알은 척을 해주었다.

소개를 받은 신풍개가 일어나서 포권을 하며 모두에게 길게 읍을 했다.

"무림말학 신풍개가 인사드립니다."

유일한 홍일점인 아미파(峨嵋派) 장문인 혜성신니(慧聖神尼)가 우아한 미소를 지으며 신풍개에게 말했다.

"쳐다보려니까 목이 아프군요. 앉아서 말씀하세요."

아미파 개파 이래 최고의 여승이라는 혜성신니는 사십팔 세인 신풍개보다 열 살이나 아래인 삼십팔 세다.

그 덕분에 그녀는 아미파 개파 이래 최연소 장문인이라는 기록을 세우기도 했다.

그녀는 여기에 모인 육대문파 수장 중에서 최연소일 뿐만 아니라 뛰어난 미모를 지니고 있다.

또한 아직 삼십팔 세이면서도 눈부시게 새하얀 백발을 위로 틀어 올린 모습이다.

혜성신니는 또한 자신의 친동생하고 나란히 대여섯 살 어린 나이에 아미파에 출가하여 삼십 년 만에 자신은 장문인 위에 오르고, 동생인 혜오신니는 장로가 되는 진기록을 세우기도 했었다.

신풍개는 혜성신니를 보며 공손히 고개 숙였다.

"감사합니다."

신풍개는 앉아서 꼿꼿한 자세로 좌중을 둘러보며 말했다.

"거두절미하고 말씀드리겠습니다."

이곳에는 개방을 제외하고 무림의 태산북두라고 할 수 있는 오대문파의 수장들이 모여 있다.

소림사와 화산파, 아미파, 곤륜파, 그리고 청성파(靑城派)다.

청성파 장문인 청운자(靑雲子)는 같은 사천성에 있는 아미파 장문인 혜성신니와 먼 길을 함께 왔다.

모두들 원각선사가 대체 무엇 때문에 자신들을 소집한 것인지 몹시 궁금한 표정으로 신풍개를 주시했다.

더구나 원각선사는 장문인들을 소림사로 부르지 않고 소림사에서 수백 리나 떨어진 이곳으로 불렀다. 그런 데에는 마땅한 이유가 있을 터였다.

신풍개의 표정이 조금 더 굳어졌다. 그리고 나직하면서도 무거운 목소리가 흘러나왔다.

"천마혈계가 시작됐습니다."

"억!"

"아……."

신풍개에게 들어서 그 사실을 이미 알고 있는 원각선사를 제외한 네 명의 얼굴이 극도의 경악으로 물들고 각기 탄성이 터져 나왔다.

바로 이것 때문에 원각선사가 다급하게 장문인들을 비밀리에 소집한 것이다.

가장 먼 곤륜파(崑崙派)에서 온 운룡자(雲龍子)가 눈을 부릅
뜨고 우렁우렁한 목소리로 물었다.

"그게 사실이오?"

신풍개는 그늘이 가득한 표정으로 대답했다.

"그렇습니다. 천외신계는 이미 중원무림의 많은 방파와 문
파들을 장악했거나 장악하고 있는 중입니다."

운룡자는 뭔가를 감지하고 캐듯이 물었다.

"여기에 있는 여섯 문파는 괜찮은 것이오?"

"제가 조사한 바에 의하면 그렇습니다."

"하면, 무당파나 점창파, 종남파 등의 장문인들이 오지 않은
이유는 그들이 천외신계에 장악됐기 때문이오?"

"미심쩍은 문파에는 연락하지 않았습니다."

"미심쩍다는 것은?"

"천외신계 인물들이 잠입해 있는 것은 분명한데 그들 문파
가 완전히 천외신계에 장악됐는지 어떤지는 확실하지 않습니
다. 그래서 이번 회합에서 제외시켜 주십사 원각선사께 부탁
을 드렸습니다."

"으음……"

원각선사가 잔잔한 어조로 입을 열었다.

"여러분도 알다시피 천외신계의 천마혈계는 전설이 아니오.
언젠가 천외신계가 천마혈계를 발동하는 날 천하의 땅끝에서

바다 끝, 그리고 하늘 끝까지 온통 피로 물들 것이라고 무극선인이 예언했다는 사실을 다들 알고 계실 것이오."

무극선인은 천 년 전 천상에서 지상으로 내려온 천상성계의 인물이라고 전설이 말해주고 있다.

그 당시 천외신계가 천마혈계를 발동하여 천하를 시체로 뒤덮고 피로 씻을 때, 천외신계를 물리치기 위해서 천상성계에서 무극선인을 이 땅에 내려 보냈다.

입에서 입으로 구전되어 온 삼천계의 전설은 사실 실제로 있었던 일이었다.

그것을 무림의 명숙들은 잘 알고 있지만 민심이 동요할까봐 굳이 증명하지 않았을 뿐이었다.

천외신계가 또다시 천마혈계를 발동하여 천하를 피로 씻을 것을 두려워하면서 무림의 명숙들은 지난 천 년을 숨죽이며 보냈다.

신풍개가 말을 이었다.

"본 방이 조사한 바에 의하면 천외신계는 이미 수십 년 전부터 중원에 들어와서 천마혈계에 대한 준비를 야금야금 하고 있었던 것 같습니다."

"음… 그걸 감쪽같이 모르고 있었군."

"천외신계가 또다시 중원천하를 도모하려고 음모를 꾸미는 것을 천마혈계라고 오래전에 규정했습니다."

호리호리한 체구에 강퍅한 인상의 청성 장문인 청운자가 신풍개의 말이 끝나자마자 말했다.

"천마혈계가 시작되면 당연히 천중인계가 출현해야 하는 것 아니오?"

화산 장문인 자하선인이 말을 받았다.

"어쩌면 천중인계는 암중에 천외신계의 음모를 다 파악하고 대비책도 세워놨을 것이오. 그렇지 않소?"

신풍개는 씁쓸한 표정을 지었다.

"무림에 개방이 개파한 지 칠백 년이 지났지만 아직까지 천중인계에 대한 것은 매우 지엽적인 몇 가지 말고는 알아낸 것이 없습니다. 그렇기 때문에 그들의 존재 여부조차 확신할 수 없습니다."

탕!

"그 말은 설마 중원에 더 이상 천중인계는 존재하지 않는다는 뜻인 게요?"

"본 방이 천중인계에 대해서 알아낸 몇 가지도 신빙성이 없는 것들이라서……."

잠자코 있던 혜성신니가 빨간 입술을 나풀거렸다.

"어떤 사실들인데 신빙성이 없다는 건가요?"

"천 년 전 무극선인께서 한 사람의 제자를 거두어 절학을 전수한 후에 그에게 천하를 수호하라고 명령하시고는 천상성

계로 돌아가신 일은 다들 잘 아실 겁니다."

좌중의 몇 명이 고개를 끄떡이는 것을 보고 신풍개가 말을 이었다.

"본 방이 칠백 년 동안 알아낸 것은 몇 안 되는 것입니다만 그것들도 현재는 확실하지 않습니다."

"그게 뭐요?"

"무극선인으로부터 이어진 대(代)가 현재까지 칠 대이며, 마지막 칠대제자가 솔천사라는 분이시고, 천 년을 이어오는 동안 제자분들께서 무림에 모종의 비밀 세력을 만들어서 천외신계의 발호에 대비하셨다는 것, 그 비밀 세력을 사신천가라고 한다는 것, 만약 칠대제자 솔천사께서 제자를 거두셨다면 그분이 제팔 대 사신천제라는 사실 등입니다."

원각선사를 비롯한 다섯 사람은 신풍개가 한 말이 처음 듣는 내용이다.

"그렇다면 천중인계는 천 년 동안 준비를 제대로 하고 있었다는 것 아니오? 그런데 어째서 신빙성이 없다느니 자신 없는 말을 하는 것이오?"

신풍개의 얼굴이 어두워졌다.

"사실 무극선인의 제자, 즉 사신천제는 부정기적으로 본 방과 연락을 취하고 있었습니다."

"호오… 그거 반가운 일이로군."

"각 대의 사신천제들께선 평균 십여 년에 한 번씩 본 방을 방문하셔서 천외신계의 동향이나 무림 정세에 대한 말씀을 해 주시거나 본 방이 수집한 정보들을 경청하셨는데… 그게 제 칠 대 사신천제이신 솔천사께서 마지막으로 본 방을 방문하신 것이 이미 사십 년이 다 돼가는 터라서……."

무극선인의 제자, 즉 사신천제가 평균 십여 년에 한 차례씩 개방을 방문했는데 지난 사십여 년 동안 발길이 끊어졌다면, 솔천사가 죽었다는 것이며 그가 죽기 전에 제자를 두지 않았다는 뜻이다.

솔천사가 죽지 않았다면 암묵적으로 이어져 왔던 개방의 십 년 방문을 하지 않을 리가 없으며, 죽었더라도 제자를 두었다면 그 제자가 사부에 이어서 개방의 십 년 방문을 이행했을 것이다.

청운자가 착잡한 얼굴로 중얼거렸다.

"이런 낭패가 있나……."

그러고는 좌중에 오랫동안 침묵이 이어졌다.

"아미타불……."

꽤 오랜 침묵 이후에 원각선사가 불호를 외워서 주위를 환기시켰다.

"중원천하의 수호신 사신천제 신변에 중대한 변고가 발생했다는 사실은 참으로 불행한 일이오. 그러나……."

모두들 착잡한 표정으로 원각선사를 주시했다.

"이제 중원무림은 사신천제 없이 천외신계의 천마혈계에 맞닥뜨려야 하는 현실에 직면했소."

'사신천제의 부재'라는 냉엄한 현실 앞에 원각선사를 비롯한 모두들 절망 어린 표정을 지었다.

"이제 중원천하의 안위는 우리 손에 달렸소. 때늦은 감이 있지만 지금이라도 천마혈계에 걸려들지 않은 무림동도들이 힘을 모아 중원천하를 지켜야 할 것이오."

곤륜 장문인 운룡자가 침통한 얼굴로 고개를 끄떡였다.

"모사재인성사재천(謀事在人成事在天)이오."

일을 꾸미는 것은 사람이지만 그것을 이루는 것은 하늘이다.

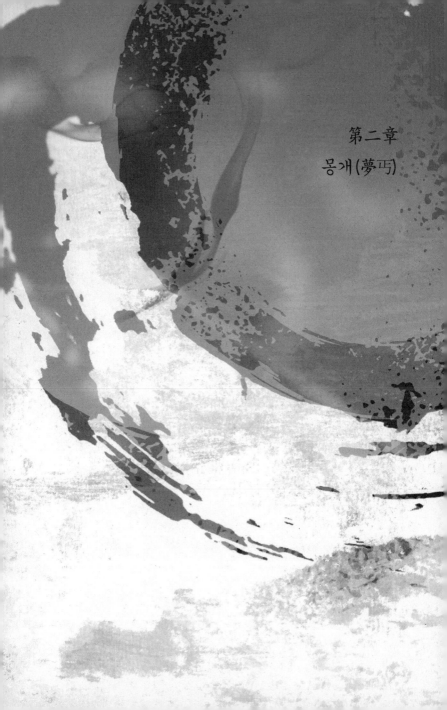

第二章

몽개(夢丐)

화운룡의 고민이 길어지고 깊어졌다.

처음에는 장하문이 '운설을 부르십시오'라고 해서 시작된 작은 고민이었지만 '지금 이 상황을 어떻게 대처할까?'라는 고민으로 커졌다.

팽두이숙(烹頭耳熟), 머리를 삶으면 귀까지 다 삶아지는 것처럼, 지금 이 상황에 대해서 결정을 내리면 운설을 부를지 말지도 같이 결정될 것이다.

그렇다고 화운룡이 골방 같은 곳에 혼자 들어가서 끙끙거리고 있는 것이 아니라, 평소처럼 할 일은 다 하는데 말수가 부쩍 없어지고 생각에 골몰한 모습이었다.

십룡이위는 화운룡이 지켜보는 가운데 공동 연무장에서 그동안 연마한 무영장을 선보이고 있는 중이었다.

쩡!

십룡이위의 마지막으로 화지연이 반 장 거리에서 표적인 석판에 무영장을 발출하여 적중시켰다.

얼마 전까지만 해도 화지연은 손바닥에서 공력을 발출하는 것조차 하지 못했지만 지금은 반 장 거리의 석판에 무영장을 적중시킬 정도로 발전했다.

비록 석판에 미세한 흔적조차 남기지 못했지만 이 정도면 무영장을 일 성 정도 익힌 것이며, 적에게 적중시켰을 때 뼈를 부러뜨리거나 심각한 내상을 입히지는 못해도 순간적으로 묵직한 충격을 줄 수는 있을 것이다.

"연아, 손을 미리 내밀지 말고 손을 내미는 동작을 하는 동안 공력을 삼십팔 혈도에 주천시켜 발출하도록 해봐라."

"그게 잘 안 돼요."

화운룡의 셋째 여동생 화지연은 지적을 받자 조금 답답하다는 표정을 지었다.

예전 같았으면 자신이 가장 좋아하고 따르는 오라버니에게 칭얼거리면서 떼를 썼겠지만 당당한 십룡위로서 꽤 오랫동안 공동생활을 해온 화지연은 화운룡을 오라버니라기보다는 주군처럼 대했다.

"이렇게 해보자."

화운룡은 평소하고는 달리 굳은 표정으로 깊은 생각에 잠겨 있는 것 같았지만 십룡이위가 무영장을 발출하는 광경을 세밀하게 살피고 있었다.

그는 화지연 뒤에 서서 왼손으로는 그녀의 허리를 감아 안고 오른손으로 그녀의 오른팔을 잡았다.

"나하고 같이해 보는 거다."

화운룡은 키가 자신의 가슴 높이밖에 오지 않는 십육 세 자그마한 화지연하고 키 높이를 맞추려고 무릎과 허리를 잔뜩 굽힌 자세였다.

"어떻게요?"

"내가 너의 공력을 이끌어 삼십팔 혈도를 주천할 테니 너도 같이하는 거다. 내가 어떤 식으로 공력을 무영장 삼십팔 혈도로 이끄는지 견식해라."

뒤에 선 화운룡의 왼손은 화지연의 단전에 밀착되었으며 그녀의 등은 가슴에 닿았다. 그렇게 해야지만 두 사람이 일체가 되어 화운룡이 화지연의 공력을 운기할 수가 있었다.

이것은 화운룡이 한 번도 시도해 본 적이 없지만 하면 될 것이라고 생각했다.

"연아, 너는 하던 대로 하면 된다. 내가 잠시 동안 너하고 일심동체가 되는 것이다."

이 수법은 지난번 옥봉과 강에 유람을 나갔다가 녹림 무리들의 습격을 받았을 때, 화운룡이 전중 뒤에 바싹 붙어서 그의 오른팔을 잡고 일심동체가 되어 시전하여 적들을 깡그리 주살했던 양체합일법과 같은 것이다.

화지연은 오라버니와 일심동체가 되어 무영장을 전개한다니까 마음이 든든해졌다.

그녀는 지난번 생사현관 타통 때 추궁과혈수법을 받았으나 십룡위의 다른 여자들하고는 많이 다른 감정 상태였다.

어색하긴 하지만 친오라버니이기 때문에 견디기 어려울 정도로 부끄럽지는 않았으며 그것이 끝난 이후에는 그 일을 거의 잊어버렸다.

"시작하자."

화운룡의 말에 화지연은 조금 전에 했던 것처럼 단전에서 칠십 년 공력을 끌어 올려 무영장 삼십팔 혈도로 이끌었다.

그런데 그 순간 공력이 노도처럼, 그리고 질풍처럼 빠르게 삼십팔 혈도를 주천하기 시작했다. 화운룡이 그녀의 공력을 유도하고 있기 때문이다.

그녀의 오른팔이 들려지고 손바닥이 펼쳐졌다. 그 동작 역시 그녀가 아니라 화운룡이 팔을 들어 올려주었다.

삼십팔 혈도를 주천한 공력이 오른팔로 주입되는 시점을 정확하게 맞추었다.

조금 전 그녀가 무영장을 전개했을 때보다 열 배 이상 빠른 속도로 공력이 삼십팔 혈도를 주천하는가 싶더니 어느새 장심을 통해서 뿜어졌다.

후웅!

그녀 혼자 전개할 때와는 차원이 다른 묵직한 음향이 흐르고는 동시에 석판이 비명을 질렀다.

쩌엉!

석판이 내는 음향이 실내를 떨어 울렸다.

십룡이위 어느 누구도 무영장을 발출하여 이런 음향을 내지 못했다.

"아……."

화지연은 손목이 시큰거리고 팔이 찌릿찌릿했다. 그만큼 강력한 장력을 발출했다는 의미다.

모두의 시선이 석판으로 향했다. 그런데 놀랍게도 석판에는 자그마한 손바닥 자국이 움푹 파였으며 깊이가 무려 다섯 치나 됐다.

모두들 감탄을 터뜨렸다.

"아아… 굉장해요……!"

"맙소사… 누구라도 저기에 적중되면 즉사하고 말 거예

요……!"

화운룡의 시도가 성공했다. 그는 자신이 화지연과 일심동체가 되어 공력을 이끌어주는 방법이 실패할 것이라는 생각은 추호도 하지 않았다.

화운룡이 화지연의 몸에서 손을 뗐다.

"어떤 느낌인지 알겠느냐?"

화지연은 곰곰이 생각하면서 말했다.

"알 것 같아요."

"방금 나와 같이했던 것을 염두에 두고 이번에는 너 혼자한번 해봐라."

"저 혼자서요?"

"그래, 할 수 있다."

화운룡이 물러서자 화지연은 긴장된 표정으로 석판과 반장 거리를 두고 마주 섰다.

그녀는 자세를 잡고 호흡을 고르더니 조금 전에 화운룡과 일심동체가 됐을 때를 상기하면서 눈을 감았다.

그러고는 두 팔을 늘어뜨리고 천천히 단전에서 공력을 끌어 올리며 무영장 삼십팔 혈도에 주천을 시작했다.

조금 전 화운룡과 일심동체가 됐을 때의 느낌 그대로 주천하니까 그녀 혼자 시전했을 때보다 몇 배나 빨라진 주천을 생생하게 느낄 수가 있었다.

다음 순간 그녀는 공력이 이미 삼십팔 혈도를 다 주천했다는 사실을 깨닫고는 화들짝 놀라서 다급하게 오른손을 앞으로 뻗으며 손바닥을 펼쳤다.

퍽!

그러나 오른손을 들어 올리는 것이 늦어져서 장력이 석판의 아래쪽에 적중됐다.

돌가루가 사방으로 마구 튀면서 그녀는 손목이 시큰거리는 것을 느꼈다.

"석판에 정확하게 적중시키지 못했기 때문에 손목이 아픈 것이다."

화지연이 얼굴을 붉히면서 석판을 보자 조금 전 화운룡과 일심동체가 돼 무영장을 전개하여 깊이 장인을 찍은 아래쪽에 뾰족한 정(釘)으로 후벼 판 듯한 자국이 생겼다. 설맞아서 생긴 자국이다.

"오늘은 여기까지다."

화운룡은 두 시진의 가르침을 끝내고 몸을 돌렸다.

이제부터 십룡이위는 개인 연마를 시작할 것이다.

"주군, 저도 연 매처럼 해주시면 안 되나요?"

화운룡이 문으로 걸어가는데 뒤에서 숙빈의 다급한 목소리가 들렸다.

그가 멈춰서 뒤돌아보니까 숙빈이 간절한 표정으로 그를

바라보며 전음입밀을 보냈다.

[용 오라버니, 부탁이에요. 저도 무영장 제대로 완성하고 싶단 말이에요.]

공력이 팔십 년을 상회하는 그녀는 어느새 전음입밀도 할 줄 알게 되었다.

그녀는 말로는 '주군'이라면서 전음으로 '용 오라버니'라고 부르며 화운룡을 압박했다.

"알았다."

화운룡이 빙긋 미소 지으며 숙빈에게 다가가자 느닷없이 그녀 뒤로 화지연을 제외한 모두가 우르르 모여 다투어 줄을 서면서 외쳤다.

"주군! 저도 부탁합니다."

"저도요!"

"주군, 저, 저는 한 번만 일심동체를 해주시면 할 수 있을 것 같습니다."

결국 화운룡은 한 시진에 걸쳐서 십룡이위 모두에게 양체합일법을 해주었다.

화운룡이 홍예 등에게 납치되자 하루 종일 울면서 걱정했던 옥봉과 사유란은 눈이 퉁퉁 부었고 하루 사이에 몹시 수척해진 것 같았다.

그녀들의 그런 모습만 봐도 화운룡을 얼마나 걱정했는지 짐작할 수가 있다.

화운룡은 옥봉, 사유란과 점심 식사를 하면서 미안한 마음에 이런저런 우스갯소리를 해서 그녀들을 웃기려고 애썼다.

그렇지만 원래 우스갯소리에는 도통 재주가 없는 그라서 그녀들을 웃게 만들기는커녕 오히려 그녀들이 그를 안쓰럽게 여기게 했다.

억지로 웃는 것도 한두 번이지 식사하는 내내 어색하게 웃으려니까 옥봉과 사유란으로서는 못 할 일이다.

"그만하세요, 용공. 저희는 괜찮아요."

"어······."

"용공 말씀하시는 거 하나도 재미없어요."

화운룡은 이마의 땀을 닦았다.

"그, 그랬어?"

옥봉은 하도 울어서 아직도 붉게 충혈된 눈으로 그를 바라보며 물었다.

"무슨 걱정거리 있으세요?"

"응?"

"뭔가를 고민하시는 것 같아요."

옥봉은 눈이 예리한 것이 아니라 그만큼 화운룡을 잘 알고 있어서 그의 얼굴만 봐도 지금 무슨 생각을 하고 있는지 짐작할 수가 있었다.

"별거 아냐."

화운룡이 환하게 웃자 옥봉도 방그레 미소 지었다.

"용공께서 무엇을 하시든지 소녀는 언제나 지지해요."

그를 목숨을 바쳐서 신뢰하기 때문이다.

사유란은 젓가락을 내려놓았다.

"나도 죽을 때까지 용청만 따를 거야."

"감사합니다, 어머님."

화운룡은 자신을 가장 지지하는 두 여자의 말을 듣고 오늘 내내 고민하던 것을 접었다.

무슨 일이 있어도 자신이 사랑하고 아끼는 사람들을 끝까지 보호하겠다는 기존의 결심이 더욱 굳어졌다.

그때 장하문이 급히 들어왔다.

"주군, 죽장몽개가 왔습니다."

운룡재 이 층 접객실에 화운룡과 장하문, 그리고 죽장몽개가 서 있었다.

죽장몽개는 자신이 개방 제자라는 사실을 감추기 위해서 평범한 경장 차림으로 먼 길을 왔다.

올해 사십오 세인 죽장몽개는 사십이 세에 개방 장로가 되었을 정도로 뛰어난 인물이다.

적당한 키와 체구에 짧고 검은 수염을 기르고 둥근 얼굴에 강직한 인상인 죽장몽개는 몹시 긴장한 표정으로 화운룡을 쳐다보았다.

의형인 만공상판에게 화운룡이 사신천가의 주인 사신천제라는 말을 들었기 때문에 긴장하지 않을 수가 없었다.

당금 사신천제라면 솔천사의 제자이며 무극선인의 팔대제자인 것이다.

현재 이 사실을 알고 있는 사람은 장하문과 만공상판, 죽장몽개뿐이다.

화운룡은 무적검신으로 이름을 날렸던 삼십 세에 죽장몽개를 만나 그가 죽을 때까지 평생 교류를 이어갔었기에 오늘 이 자리에서 그를 다시 만난 것이 감회가 남달랐다.

죽장몽개는 준수하기 짝이 없는 화운룡이 친근한 미소를 지으면서 자신을 바라보는 것을 이상하게 여겼다.

그것은 마치 화운룡이 죽장몽개를 예전부터 잘 알고 있는 듯한 표정이었다.

어쨌든 죽장몽개는 화운룡이 정말 사신천제인지를 확인할 필요가 있었다.

의형 만공상판의 말을 무조건 믿기에는 사신천제라는 신분이 너무 거대하기 때문이다.

"당신이 사신천제이십니까?"

죽장몽개는 에두르지 않고 단도직입적으로 물었다.

화운룡은 가볍게 고개를 끄떡였다.

"그렇네."

죽장몽개는 의형 만공상판의 말을 믿지만 자신이 알고 있는 천중인계에 대한 얄팍한 지식을 바탕으로 화운룡이 진짜 사신천제인지의 진위 여부를 확인해 보려고 했다.

"사신천제께서 십 년 주기로 본 방을 방문하신다는 사실을 알고 계십니까?"

"알고 있네."

"그렇다면 솔천사께서 마지막으로 본 방을 방문하신 시기가 언제이신지 아십니까?"

화운룡은 잠시 계산을 해본 후에 대답했다.

"삼십구 년 전 중추절 사흘 후로 알고 있네."

정확했다. 개방에는 방주와 장로들만 열람할 수 있는 비밀 책자가 있으며 거기에는 솔천사의 마지막 방문 날짜가 삼십구 년 전 중추절 사흘 후로 기록되어 있었다.

"그런데 어째서 당신께선 본 방을 방문하지 않으셨습니까? 혹여 사신천제가 되신 지 오래지 않아서 그러셨습니까?"

화운룡은 엷은 미소를 지었다.

"나는 십 년마다 개방을 방문했네."

"그럴 리가……."

죽장몽개는 말도 안 된다는 표정을 지었다.

개방의 비밀 책자에는 사신천제 솔천사가 삼십구 년 전에 방문한 것이 마지막이고 그때까지 솔천사에게는 제자가 없다고 기록되었다.

더구나 화운룡은 아무리 많게 봐야 이십 세 남짓이거늘 십 년마다 개방을 방문했다는 것이 말이 되지 않았다.

'십 년마다'라고 했으니까 그 말은 최소한 개방을 두 번 이상 방문했다는 얘기이며, 화운룡이 열 살 때와 이십 세 때 개방을 방문했어야 맞는 말이다.

           *   *   *

죽장몽개는 빙그레 미소 짓고 있는 화운룡과 장하문을 번갈아 쳐다보았다.

두 사람의 표정을 보면 화운룡이 말장난으로 자신을 놀리고 있다는 생각은 들지 않았다. 그러므로 여기에는 필시 어떤 곡절이 있을 것이라고 짐작했다.

화운룡이 탁자를 턱으로 가리켰다.

"얘기하자면 기니까 앉아서 얘기하세."

화운룡은 죽장몽개가 왔다는 말에 몽연화주를 대접하려고 달려 올라온 도도에게 지시했다.

"술상을 차리고 한아를 불러라."

보진이 죽장몽개를 아니까 만나게 해주려는 의도다.

죽장몽개는 사신천제일지도 모르는 화운룡하고 감히 마주 앉을 엄두를 내지 못하고 망설였다.

화운룡은 미소 지으며 말했다.

"나는 서 있는 사람을 쳐다보면서 대화하지 않네."

죽장몽개는 조금 더 머뭇거리다가 마지못해 앉았다.

잠시 후에 보진이 들어와 공손히 예를 취했다.

"주군, 부르셨습니까?"

"앉아라."

장하문이 일어나 죽장몽개 옆에 앉으며 화운룡 옆자리를 가리켰다.

"주군 옆에 앉게."

보진은 살짝 얼굴을 붉히며 부끄러워하면서 화운룡 옆에 살포시 앉았다.

생시현관 타통 이후 화운룡이 자신의 첫 남자라고 여기게 된 그녀는 그를 바라보기만 해도 심장이 뛰는 판국에 그의 옆에 앉으니 정신이 하나도 없을 지경이다.

그녀는 조심스럽게 고개를 들다가 맞은편에 앉아 있는 죽장몽개를 발견하고 가볍게 놀랐다.

"아!"

그녀는 거지 옷에서 경장을 입은 모습만 다를 뿐인 죽장몽개를 한눈에 알아보았다.

죽장몽개는 서글서글하고 청순한 미모의 보진이 자신을 보고 놀라자 의아한 표정을 지었다.

보진이 방그레 미소 지으며 죽장몽개에게 인사했다.

"몽개 장로님, 오랜만이군요."

죽장몽개의 의아함이 더 커졌다.

"나를 아시오?"

보진은 서운한 표정을 지었다.

"저를 잊으셨다니 섭섭하군요."

그녀는 화운룡 옆에 앉다 보니까 감정이 격해져서 평소답지 않게 조금 수다스러워졌다.

죽장몽개는 고개를 갸웃거렸다. 보진이 '몽개 장로님'이라고 정확한 신분을 알고 있으므로 사람을 잘못 본 것도 아닌 것 같은데, 그로서는 처음 보는 여자, 그것도 눈이 번쩍 떠지는 미인이라서 더욱 아리송했다. 더구나 '몽개'라는 호칭은 친한 사람만 부르는 호칭이다.

"기억을 하지 못해서 미안하오. 실례지만 누구신지 말해주지 않겠소?"

장하문이 넌지시 일러주었다.

"그녀는 혜오신니의 제자인 보진이오."

죽장몽개는 흠칫하더니 눈을 껌뻑거리면서 보진을 보다가 갑자기 탄성을 터뜨리며 벌떡 일어섰다.

"아……! 구자매(九姉妹)!"

보진은 혜오신니의 열두 제자 중 아홉 번째여서 구매(九妹)라고 불렸는데 개방 사람들은 남자는 '형제', 여자는 '자매'라고 부른다.

"이제 알아보시겠어요?"

죽장몽개가 바라보는 보진의 얼굴에 앳된 열다섯 살 소녀의 모습이 겹쳐졌다. 예전에는 살결이 유난히 흰 뽀얀 소녀였는데 지금은 어엿한 여인이 되었다.

"알아보다마다……. 야아! 구자매는 예전에도 꽃처럼 예뻤는데 지금은 절세가인이 됐구려……!"

죽장몽개의 칭찬에 숫기 없는 보진은 아무 말도 못 하고 고개를 푹 숙였다.

그런데 죽장몽개는 혜오신니의 제자 보진이 이곳에 있는 이유가 궁금했다.

"그런데 구자매가 왜 이곳에 있는 것이오?"

보진은 부끄러운 나머지 죽장몽개의 말을 듣지 못해서 장하문이 대신 설명했다.

"보진은 주군의 수하요."

죽장몽개는 얼른 이해하지 못하는 표정이다. 어째서 아미파 제자가 사신천제일지도 모르는 화운룡의 수하가 됐는지 납득하기 어려웠다.

"그게 가능한 일이오?"

보진은 뒤늦게 상황을 판단하고 어떻게 하면 좋은지 화운룡을 바라보았다.

화운룡은 고개를 끄떡였다.

"말해도 된다."

보진은 꼿꼿한 자세로 대답했다.

"저는 아버지의 명령으로 속세로 환속하여 정현왕부의 호위고수가 되었어요."

"오……."

죽장몽개는 탄성을 터뜨렸다가 고개를 갸웃거렸다.

"그건 잘된 일인데 구자매가 어째서 여기에 있는지는 설명이 되지 않소."

"설명하자면 길지만 결론적으로 말씀드리면 정현왕 전하께서 이곳에 계시기 때문이에요."

죽장몽개는 크게 놀랐다.

"그게 정말이오?"

그는 광덕왕이 북경 정현왕부를 습격하여 겨우 살아남은 정현왕이 왕부의 일가를 모두 이끌고 어디론가 잠적했다는 사실을 알고 있었다.

"정현왕 전하와 왕비님, 공주님께서 모두 이곳에 계세요."

"아아……."

죽장몽개는 화운룡이 가볍게 고개를 끄떡이는 것을 보고 보진의 말이 사실임을 확인했다.

그리고 보진의 입에서 더 놀라운 사실이 흘러나왔다.

"주군께선 정현왕 전하의 부마이십니다."

죽장몽개는 속으로 '억!' 하는 소리를 낼 정도로 놀랐다.

"……."

정현왕에게는 황궁 사상 최고의 미녀이며 재녀라고 칭송을 받는 공주가 한 명뿐이다.

"설마… 황천봉추라고 불리는 봉화공주님의……."

"네."

"그런데 공주님은 춘추가……."

옥봉의 나이가 이제 십칠 세라는 사실을 죽장몽개는 잘 알고 있었다.

"정현왕 전하께서 두 분의 혼인을 허락하셨어요."

"아……."

죽장몽개는 머릿속이 환해지는 것을 느꼈다. 그는 개인적으로 정현왕을 매우 존경하고 좋아해서, 병약한 당금 황제가 붕어하면 다음 대 황제로 정현왕이 적격이라고 주위 사람들에게 강변하면서 돌아다닐 정도였다.

그런 정현왕이 광덕왕의 습격을 받은 후 홀연히 사라졌기에 그가 죽었는지 살았는지 노심초사 애를 태웠는데, 그를 비롯한 일족이 이곳에 있다니 놀라우면서도 다행한 일이다.

그는 마른침을 삼키고 화운룡에게 조심스레 물었다.

"전하를 뵈올 수 있습니까?"

화운룡 일행이 죽장몽개를 데리고 주천곤을 보러 갔을 때 마침 옥봉과 사유란이 그곳에 있었다.

"용공."

"용청."

침상 옆에 앉아 있던 옥봉과 사유란은 반갑게 일어나 화운룡에게 다가왔다.

죽장몽개는 한 번도 옥봉과 사유란을 본 적이 없지만 천하 절색의 미모를 지닌 그녀들이 누군지 즉시 짐작하고 얼른 자세를 바로 했다.

"왕비님, 공주님."

죽장몽개는 감격으로 울컥하여 눈앞이 부예졌다. 대장부 중에 대장부인 그이지만 옥봉과 사유란을 보는 순간 감격이 치밀어 올랐다.

화운룡이 그를 침상으로 이끌었다.

"몽개, 먼저 아버님께 인사 올리게."

"아……."

정신을 차리지 못하는 죽장몽개는 허둥거리면서 몇 걸음 옮기다가 멈추고는 침상에 누워 있는 주천곤을 눈물이 차올라 부연 눈으로 바라보았다.

주천곤이 화운룡에게 물었다.

"운룡, 그는 누군가?"

"개방의 삼 장로인 죽장몽개입니다. 아버님을 뵙고 싶다고 해서 데리고 왔습니다."

"그런가?"

주천곤이 몸을 일으키려고 하자 화운룡이 그를 부축해서 비스듬히 기대게 해주었다.

예전에 몇 번인가 주천곤을 본 적이 있어서 익히 얼굴을 알고 있는 죽장몽개는 감히 가까이 다가가지 못하고 멀찍이서 눈물을 왈칵 쏟았다.

"전하… 무림말학 개방의 죽장몽개가 인사드립니다."

그는 바닥에 납작하게 부복했다.

주천곤은 그를 바라보았다.

"죽장몽개라면 주선개(酒仙丐)의 제자더냐?"

"그렇습니다, 전하."

죽장몽개는 주천곤 입에서 사부 얘기가 나오자 가슴을 쥐어짜는 것 같았다.

"너를 보니까 네 사부 생각이 나는구나."

"저… 전하……."

"내가 네 사부 주선개하고는 간담상조하여 왕부에서 가끔 술을 마셨느니라. 그가 내 얘기를 잘 들어주었지."

주천곤이 주선개를 정현왕부로 불러서 신분을 따지지 않고 같이 술을 마실 때 죽장몽개와 사형 신풍개는 사부를 따라가 가까이에서 주천곤을 본 적이 여러 번 있었다.

주천곤은 아련한 표정으로 중얼거렸다.

"네 사부가 죽었을 때 나는 몹시 낙담했다. 그렇게 좋은 술 친구는 천하 어디에도 없으니까 말이야."

"전하……."

죽장몽개는 감격하여 이마를 바닥에 댄 채 눈물을 쏟았다.

"너를 보니 주선개 생각이 삼삼하구나."

"망극합니다, 전하……."

죽장몽개는 화운룡이 사신천제라는 사실을 더 이상 의심하지 않았다.

상황이 이렇게까지 되었는데도 화운룡을 부정하는 것은 바보 천치나 하는 짓이다.

죽장몽개는 사신천제를 알현하는 예를 갖추었다.

"천제를 뵙습니다."

화운룡은 노대(露臺)로 걸어갔다.

"이리 오게."

도도가 노대의 탁자에 몽연화주와 몇 가지 요리를 차리는 동안 보진이 가서 옥봉을 모시고 왔다.

옥봉이 화운룡 옆에 앉자 보진은 감히 앉지 못하고 화운룡 옆에 섰다.

죽장몽개는 옥봉이 짝을 찾을 수 없을 만큼 절색의 미모를 갖춘 것을 보고 감탄했다.

도도는 물러가지 않고 탁자 옆에 서 있었다. 몽연화주는 화운룡이 담갔지만 자신이 관리했기에 끝까지 거기에 대한 책임을 지려는 것이다.

뽁!

작은 술항아리의 마개를 열자 그윽한 주향이 퍼졌다.

주향을 맡은 죽장몽개가 적잖이 놀라는 표정을 지었다.

'이것은?'

도도는 죽장몽개가 놀라는 표정을 보고는 한마디 하고 싶어서 입이 근질거리는 것을 참지 못했다.

"무슨 술인지 알겠어요?"

죽장몽개는 술항아리와 도도를 번갈아 쳐다보았다.

"설마 몽연화주요?"

"그래요. 당신이 오면 대접하려고 주군께서 손수 담그시고 제가 관리했어요."

죽장몽개는 어리둥절한 표정으로 화운룡을 쳐다보았다.

"천제께서 어떻게 몽연화주를 담글 줄 아십니까?"

"명림에게 배웠지."

"명림이라는 분은……."

보진이 설명했다.

"사부님 속명이 명림이세요."

"아……."

보진의 설명은 죽장몽개를 더 어리둥절하게 만들었다. 화운룡은 까도 까도 속을 알 수 없는 사람이다.

"혜오신니를 만나셨습니까?"

"그렇네."

죽장몽개는 화운룡에 대해서는 궁금한 것투성이라 머리가 어지러울 지경이다.

화운룡은 이제 겨우 이십 세 남짓인데 언제 솔천사의 제자가 되어 몇 년 동안이나 절학을 연마했으며, 혜오신니는 또 언제 만난 것인지 도무지 계산이 나오지 않았다.

또한 화운룡의 말투는 나이 지긋한 노선배의 그것이라서 죽장몽개는 머릿속이 복잡했다.

"혜오신니를 언제 만나셨습니까?"

"도도는 그만 나가라."

"네."

화운룡의 말에 도도는 조금 섭섭한 표정을 지었지만 즉시 밖으로 나갔다.

화운룡은 요리를 자신 앞에 챙겨주는 옥봉에게 부드러운 미소를 지었다.

"옥봉은 몽개에게 물을 것이 있나?"

"없어요. 그냥 용공 곁에 있고 싶어요."

죽장몽개는 화운룡과 옥봉이 마치 부부처럼 자연스러운 모습을 보며 이질감이 많이 사라졌다.

화운룡은 고개를 끄떡이고 나서 죽장몽개에게 불쑥 말했다.

"몽개, 나는 미래에서 왔네."

"……"

죽장몽개는 무슨 말인지 알아듣지 못하고 멀뚱하게 그를 쳐다보았다.

"아……"

그러나 보진은 화운룡에 대해서 여러 의문을 품고 있었으므로 그의 말에 소스라치게 놀라는 표정을 지었다.

화운룡으로서는 현재 개방의 도움이 필요하니까 솔직하게 말하는 편이 좋겠다고 생각했다. 그렇게 해야지만 지금 상황을 설명할 수가 있었다.

"그러니까 나는 지금부터 육십사 년 후 미래에서 왔네."

죽장몽개는 무슨 말도 안 되는 소리냐는 듯한 얼굴로 화운룡을 쳐다보았다.

그러면서 화운룡을 만난 지는 몇 시진 안 되지만 그가 하는 말들이 하나같이 허무맹랑하면서도 결국에는 다 맞았다는 사실을 상기하고, 어쩌면 미래에서 왔다는 말도 안 되는 말도 맞을지 모른다는 생각이 얼핏 들었다.

그런데 보진이 갑자기 나직한 탄성을 터뜨렸다.

"아……! 그래서 그게 가능했던 거였군요?"

지금으로부터 십이 년 후, 그녀의 사부 혜오신니가 제자 보현과 둘이서 하북의 옥령사에 가던 길에 흑살신의 암계에 빠져서 죽을 뻔한 것을 화운룡이 구해주었으며, 그 보답으로 혜오신니가 그에게 몽연화주를 대접하고 또 그 비법을 알려주었다고 말했을 때 보진은 그의 말을 믿으면서도 불가능한 일이라고 생각했다.

보진은 화운룡을 보면서 경악하는 표정을 지었다. 미래에서 왔다는 화운룡의 말은 열흘 삶은 호박에 이빨도 들어가지 않을 허무맹랑한 말이다.

그렇지만 그 말을 믿지 않고서는 그가 했던 말 그 어느 것도 이치에 맞지 않았다.

그 말을 믿어야지만 그가 한 말이나 그가 보여준 여러 행동들을 비로소 이해할 수가 있는 것이다.

죽장몽개는 보진과 화운룡을 번갈아 쳐다보았다. 그러고는
옥봉과 장하문이 담담하게 미소 짓고 있는 모습을 보고는 두
사람은 화운룡이 미래에서 왔다는 사실을 알고 있을 뿐만 아
니라 그것을 믿고 있다는 사실을 알아챘다.

"그게 무슨……."

무슨 터무니없는 말이냐고 반박하려는 죽장몽개의 말을 화
운룡이 잘랐다.

"몽개, 내 말을 믿으라고 강요하지 않겠네. 그게 중요하지는
않으니까 말이야."

화운룡은 육십사 년을 더 살다가 왔지만 그가 겪었던 일들
이 지금 현실에서는 맞지 않는 경우가 왕왕 있어서 이젠 자신
이 미래에서 왔다는 사실을 강요하지 않기로 했다.

칭체재의(稱體裁衣), 몸에 맞추어서 옷을 만들 듯이 그때그
때 만나는 사람에 따라서 경우에 맞추어 대우한다. 그러므로
지금은 죽장몽개에 맞추어서 상황을 조율하면 되는 것이다.

"어쨌든 나는 스무 살에 솔천사 사부의 전인이 되어 스물다
섯 살에 무림에 출도했네. 이후 오십구 년 동안 강호를 주유하
면서 천하제일인이 됐지."

자리에서 벌떡 일어난 죽장몽개만이 아니라 보진도 경악에
경악을 거듭한 표정으로 화운룡을 쳐다보았다.

"나는 모든 것을 다 이루었으나 오로지 한 가지를 이루지 못했었네."

화운룡은 옆에 앉아서 정이 듬뿍 담긴 눈빛으로 자신을 응시하고 있는 옥봉을 바라보았다.

"옥봉을 얻지 못한 것이었지."

그는 손을 뻗어 옥봉의 뺨을 쓰다듬었다.

"조화경을 이룬 지 십여 년이 지났을 때 나는 우화등선에 오르는 것을 시도했네."

죽장몽개와 보진은 이제는 화운룡의 말을 믿는다. 믿을 수밖에 없었다.

그의 말을 믿지 못한다면 세상에 믿을 것이 하나도 없을 것이라는 생각이 들었다.

조화경에 이르러 우화등선에 오르려고 시도했었다니……. 그런 말은 옛 전설이나 고서에서 읽은 기억이 있을 정도다.

화운룡은 껄껄 웃었다.

"헛헛헛! 그런데 나는 우화등선에 실패한 것 같네. 그 대신 육십사 년 전 과거, 그러니까 지금 이 현실로 돌아온 걸세! 스무 살로 말이야!"

옥봉이 고개를 화운룡 팔에 기댔다.

"소녀를 만나러 오신 거예요."

"그렇지. 내 생각도 그런 것 같아."

죽장몽개와 보진은 꿈을 꾸듯, 그리고 눈부신 듯한 표정으로 화운룡과 옥봉을 바라보았다.

"아아……."

"어떻게 그런 일이……."

죽장몽개는 조금 전까지는 화운룡이 사신천가의 주인 사신천제라서 감히 똑바로 바라볼 엄두가 나지 않았었는데, 지금은 그가 천하제일인이었으며 우화등선을 시도했다가 현재로 돌아왔다는 사실을 알고 그가 피와 살로 이루어진 인간이 아니라 신처럼 보였다.

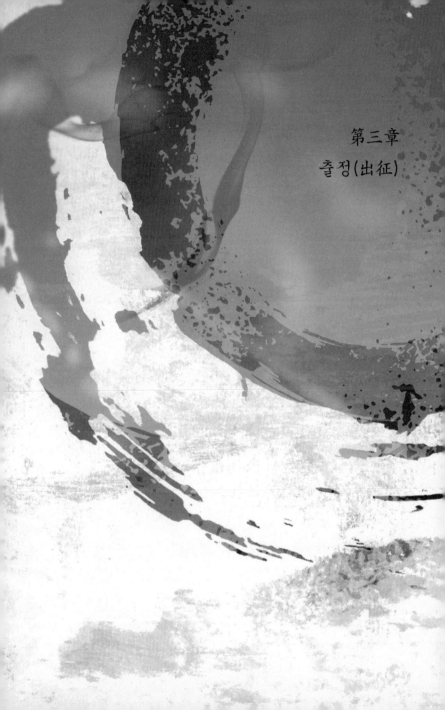

第三章
출정(出征)

　장하문이 빙그레 미소 지으면서 담담히 말했다.

　"제 소견이지만 우화등선을 해야지만 쌍념절통을 이룰 수 있는 것 같습니다. 그러므로 주군께선 우화등선과 쌍념절통 둘을 다 이루신 것입니다."

　다들 감탄을 하면서 고개를 끄떡였지만 화운룡의 생각은 그렇지 않았다.

　우화등선을 하면 곧 신선인데 공력이 삼십 년뿐인 신선이 어디에 있다는 말인가.

　게다가 신선이라면 인간이 아닌 신이라서 바람과 비를 부르는 등 온갖 기적을 이룬다는데, 정작 화운룡은 가족과 측근의 안위를 위해서 전전긍긍하고 있으니 장하문의 말은 그저 인사치레로 하는 것이라 여겼다.

이 자리에 쌍념절통이라는 말을 잘 아는 사람은 옥봉이고 들어본 적이 있는 사람은 죽장몽개다.

옥봉이 눈을 반짝였다.

"그렇다면 과거의 용공이 죽음의 문턱에서 미래의 용공을 간절하게 부른 것이로군요."

화운룡은 빙그레 미소 지으며 고개를 끄떡였다.

"내 생각에도 그런 것 같아."

"과거의 용공은 어떤 상황이었나요?"

화운룡은 그때 상황을 떠올리고 빙그레 미소 지었다.

"과거로 돌아와 보니까 내가 차디찬 강물 속에서 질식하여 죽어가고 있었어."

"아아… 그랬군요."

옥봉은 말만 들어도 안타까운 표정을 지었다.

"그래서 과거의 용공이 미래의 용공을 절박하게 부른 것이었군요."

장하문이 말을 이었다.

"미래의 주군께선 낙양에 천하제일성 무황성을 지으시고 무림인으로부터 십절무황이라는 아호를 헌상받으셨소."

죽장몽개와 보진은 십절무황이라는 아호가 화운룡에게 잘 어울린다는 생각이 들었다.

"주군께선 무림에 출도하신 이후 이십여 년 동안 천하를 주유하시며 열 가지 무공의 일인자들을 각각 굴복시켜서 수하로 거두셨소. 혈영단주인 설운설과 나 역시 군사로서 황공하옵게도 무황십이신에 들었소."

"무황십이신……."

이름만 들어도 어마어마하다. 더구나 천하제일 살수 조직인 혈영단의 단주가 무황십이신 중 한 명이라니…….

"혈영단의 전신이 신영루라는 사실을 알고 있소?"

죽장몽개는 흠칫 놀랐다.

"아아… 그렇습니까? 저는 전혀 몰랐습니다."

죽장몽개는 장하문이 무황십이신의 한 명이며 화운룡의 군사라는 사실에 그에 대한 언행이 공손해졌다.

신영루는 천하에서 가장 뛰어난 백 개의 문파, 즉 천하백파였으며 삼백여 년 전에 멸문한 것으로 알려졌다.

"설운설은 검절(劍絶)로서 천하를 위진시켰는데 주군께 패하여 수하가 되었소."

자신에 대한 칭찬이 이어지자 어색해진 화운룡이 장하문을 만류했다.

"그만하게."

화운룡은 죽장몽개에게 술을 따라주었다.

"나는 자네를 서른 살에 만난 이후 죽을 때까지 매우 친하게 지냈었네."

죽장몽개는 황송해서 두 손으로 술을 받았다.

그는 '죽을 때까지 친하게 지냈다'라는 말을 듣고 화운룡은 우화등선을 해서 과거로 왔으니까 죽은 사람은 자신일 것이라고 생각했다.

"제가 몇 살에 죽습니까?"

그의 공손한 물음에 화운룡이 빙그레 웃었다.

"나하고 사십 년 동안 몽연화주를 마셨네."

죽장몽개는 지금 사십이 세인데 십 년 후 오십이 세에 화운룡을 만나서 사십 년 동안 더 살았다면 구십이 세에 죽었으니 장수한 것이다.

그는 벌쭉 미소 지었다.

"거지 노릇 하면서 징그럽게 오래 살았군요."

"그게 아닐세. 자넨 방주가 된 후 일 년 만에 혼인을 하여 방주 자리에서 물러나서는, 나한테 와서 죽을 때까지 부인과 함께 살았지."

죽장몽개는 적잖이 놀랐다.

"제가 혼인을 한다는 말입니까?"

개방주는 혼인을 하면 방주에서 물러나야 한다. 하지만 그걸 떠나서 죽장몽개는 자신이 혼인을 한다는 사실이 도무지 믿어지지 않았다.

그에게는 절대로 혼인을 하지 않아야 하는 너무도 명백한 이유가 있기 때문이다.

"내 기억으로는 자네가 개방 제자가 된 이유가 첫사랑 여자가 자네 곁을 떠났기 때문이었을 거야."

"어……."

죽장몽개는 한 대 얻어맞은 것 같은 표정을 지었다.

"그런데 신풍개가 죽은 후에 자네가 방주에 올랐는데, 일 년도 지나지 않아서 그 첫사랑 여자를 만났지 뭔가. 그래서 오십오 세에 늦장가를 간 걸세."

"설마……."

죽장몽개는 크게 놀라서 할 말을 잃었다. 그는 열아홉 살 때 자신이 죽도록 사랑했던 소녀가 피치 못할 사정으로 떠나자 큰 충격에 휩싸여 그 길로 집을 나와 천하를 유랑하다가 우연한 기회에 개방에 입문했다.

"천제께서 그걸 어떻게 아십니까?"

"우리가 술친구라고 하지 않았나? 자넨 술만 취하면 징징 울면서 첫사랑 그녀에 대해 주절주절 읊었네."

"제가… 말입니까?"

"아마 그녀 이름이 유정(劉貞)이었을걸?"

죽장몽개는 혼비백산했다.

"마… 맞습니다."

"그녀가 열일곱 살 나이에 궁녀인가 시녀로 뽑혀서 자네 곁을 떠난 것으로 알고 있네."

죽장몽개는 술을 마실 생각도 하지 못하고 덜덜 떨면서 고개만 열심히 끄떡였다.

"마… 맞습니다. 유정, 정 매는 어딘지는 모르지만 하여튼 어느 왕가에 궁녀로 팔려 갔습니다."

화운룡은 빙그레 미소 지었다.

"자네를 만난 이후에 내가 그녀를 찾으라고 수하들에게 지시했었는데 꽤 오래 걸렸네. 자네가 방주가 되고 나서 찾게 됐으니까 말이야."

"그… 럼 천제께서……."

"오십오 세에 유정을 찾았으니까 너무 늦은 감이 있어서 그땐 꽤나 미안했네."

"아닙니다. 천제께서 그런 큰 은혜를 베푸셨다니 저는……."

죽장몽개는 감격하여 말을 잇지 못했다. 화운룡이 유정을 찾아주었다면 죽장몽개는 하늘이 두 쪽이 나는 일이 있더라도 그녀와 혼인을 했을 것이다.

화운룡은 손을 저었다.

"이봐, 그것은 아직 일어나지도 않은 일이니까 감격하지 않아도 되네."

그때 옥봉이 조심스럽게 말문을 열었다.

"유정이라는 여자, 산서(山西) 안흥(安興) 출신 아닌가요?"

죽장몽개가 깜짝 놀라 옥봉을 쳐다보았다.

"그… 그걸 어떻게 아셨습니까? 그렇습니다. 저와 유정은 둘 다 산서성 안흥이 고향입니다."

옥봉은 신기한 표정으로 두 손을 모았다.

"유정은 오랫동안 정현왕부의 시녀였어요."

"예엣? 정말입니까?"

죽장몽개는 소스라치게 놀라서 벌떡 일어섰다.

그는 꽤 오랫동안 개방 총타가 있는 북경에 있었는데 유정이 같은 북경의 정현왕부에 있었다는 것이다.

"그, 그녀는 어떻게 됐습니까?"

옥봉은 방그레 미소 지으며 화운룡을 바라보았다.

"용공, 한암장에서 유정을 데려와야겠군요."

화운룡은 반색했다.

"호오! 그녀가 한암장에 있나?"

"네, 어머니 시녀로 따라왔어요."

"잘됐군."

죽장몽개는 입술이 바짝 타는 표정으로 두 사람의 대화를 지켜보았다.

"몽개."

"마, 말씀하십시오, 천제."

"유정을 만나려면 좀 기다려야겠네."

"그… 렇습니까?"

갑자기 급변하는 상황 때문에 죽장몽개는 정신을 차릴 수가 없을 지경이다. 그러나 유정을 만날 수 있다면 몇 년이라도 기다릴 수 있다.

화운룡이 장하문에게 물었다.

"하룡, 얼마나 걸리겠나?"

장하문은 고개를 갸웃거렸다.

"글쎄요. 아무래도 밤길이라서……."

죽장몽개는 입술이 바짝 탔다.

화운룡은 장하문이 죽장몽개를 놀리려 한다고 생각했다.

"에… 그러니까 넉넉잡아서 한 시진 반은 걸릴 것 같습니다."

죽장몽개는 멍한 표정을 지을 뿐 아무 말도 못 했다. 장하문의 말이 아득한 동토의 땅에서 들려오는 것만 같았다.

한 시진 반 후면 꿈에도 그리던 유정을 만날 수 있다는 사실이 절대로 믿어지지 않았다.

장하문이 일어섰다.

"그녀를 데려오라고 전서구를 보내겠습니다."

정신이 반쯤 나간 죽장몽개는 눈으로만 장하문을 좇았다.

얼빠진 죽장몽개를 위해서 보진이 설명해 주었다.

"한암장은 이곳에서 삼십여 리 떨어진 양주에 있어요. 한암 장에 전서구를 보내면 늦어도 한 시진 반 안에는 그녀가 이곳 에 도착할 수 있을 거예요."

"아아……."

도망친 정신이 조금씩 죽장몽개에게 돌아오고 있었다.

그렇지만 아무리 정신을 차리려고 애를 써도 떠난 지 장장 이십삼 년이나 지난 첫사랑 유정이 불과 한 시진 반 후에 자 신 앞에 나타날 것이라는 사실을 현실로 받아들이는 일이 결 코 쉽지 않았다.

"앉게."

"아… 네."

화운룡의 말에 죽장몽개는 벌게진 얼굴로 엉거주춤 앉았 다.

문득 화운룡이 술잔을 들고 시를 읊었다.

취객집나삼(醉客執羅衫)

나삼수수열(羅衫隨手裂)

술 취한 임 내 옷자락 잡으니

능라 저고리 덧없이 찢어지네

죽장몽개는 깜짝 놀라 화운룡을 쳐다보았다. 이것은 죽장
몽개가 첫사랑 유정과 헤어지던 날 함께 부르면서 눈물을 흘
렸던 곡이며, 이후 그가 술에 취하면 그녀를 그리워하면서 자
주 불렀다.

그런데 옥봉이 빨간 입술을 나풀거리며 뒤를 이었다.

불석일나삼(不惜一羅衫)
단공은정절(但恐恩情絶)
한 벌 비단옷 아깝지 않으나
깊은 정 함께 끊어질까 두려워

옥봉은 단지 이 곡을 알고 있어서 뒤 구절을 불렀을 뿐이
다.

죽장몽개는 화운룡이 미래에서 왔다는 사실을 믿지만 그
가 이 곡 증취객(贈醉客)까지 읊자 더 이상 의심할 여지없이 그
를 철석같이 믿게 되었다.

어느덧 죽장몽개의 두 눈에서는 닭똥 같은 눈물이 뚝뚝 흘
러내렸다.

한암장에서 유정이 올 때까지 죽장몽개는 천외신계에 대해

서 설명했다.

"제가 천외신계에 대해서 알고 있는 것들은 의형 만공 형에게 다 말씀드렸습니다."

화운룡은 천외신계의 천마혈계에 대해서는 관심이 없으며 그의 관심사는 오로지 천외신계가 강소성 남쪽 지방을 어떻게 할 것인지에 대해서만이다.

"천외신계는 천하 각 지역의 굵직한 방파와 문파를 이미 장악했거나 장악하기 위해서 깊숙이 침투해 있습니다."

죽장몽개는 사신천가의 주인인 화운룡이 천마혈계를 모른 체할 리가 없다는 생각했다.

"본 방의 방주께선 현재 비밀리에 하남성에서 오대문파 장문인들과 회합을 하고 계십니다."

죽장몽개는 개방에서도 극비 중에서 극비 사항을 조심스럽게 꺼냈다.

"그들 오대문파는 소림사와 화산파, 아미파, 곤륜파, 청성파입니다."

화운룡은 고개를 끄떡일 뿐 아무 말도 하지 않았다. 당연히 어째서 무당파가 오대문파에서 빠졌느냐고 물어야 하는데 묻지 않아서 죽장몽개는 준비했던 대답을 하지 못했다.

그렇다고 죽장몽개가 감히 화운룡에게 어째서 그걸 묻지 않느냐고 따질 수도 없는 입장이다.

"강소성 남쪽 지역은 천외신계의 누가 맡고 있소?"

화운룡 대신 장하문이 물었다.

죽장몽개는 잠시 생각하다가 대답했다.

"중원 전체로 봤을 때 장강(長江) 남쪽 전역을 관장하고 있는 곳은 형산파입니다. 그리고 형산파 아래에 세 개의 중간 세력이 있으며 천태파(天台派)와 황산파(黃山派), 막부파(幕阜派)입니다. 물론 이들은 모두 천외신계입니다."

형산파를 비롯하여 절강성의 천태파와 안휘성의 황산파, 호남성의 막부파는 하나같이 쟁쟁한 명문정파들인데 그들이 천외신계에 장악됐다는 것이 놀랍다.

천태파, 황산파, 막부파는 비록 세력이나 명성에서 형산파에 비할 바는 못 되지만 한 지역의 패자라고 할 수 있다.

일례를 들자면 태사해문이 생기기 전의 태극신궁이나 사해검문 정도의 대문파라고 해도 관내에 있는 명문정파 황산파에게는 모든 면에서 무조건 한 수 양보한다.

화운룡이 자신의 짐작을 말했다.

"그렇다면 황산파가 이 지역을 담당하고 있겠군."

"그럴 겁니다."

죽장몽개는 사신천제가 강소성 남쪽 남경 근처 태주현에 있기 때문에 필요할 것이라고 생각하여 이 지역의 정세에 대해서 자세히 알아 왔다.

"형산파의 기현자가 총우두머리인가?"

지난번에 사로잡은 천외신계 숭무문의 녹성고수는 형산파 장로 기현자에 대해서 말했다.

죽장몽개는 화운룡이 기현자가 천외신계 인물인 것을 알고 있다는 사실에 조금 놀랐다.

"본 방이 조사한 바에 의하면 형산파 이 장로인 기현자보다 한 등급 높은 인물이 있으며 장문인 기풍자(奇風子)입니다. 천외신계에는 총 십 등급의 계급이 있으며 천외십계(天外十階)라고 합니다."

"그렇다면 기풍자가 천외십계 중에서 제칠 위인 남성(藍星)고수로군."

"어… 떻게 아셨습니까?"

죽장몽개는 놀라서 눈을 크게 떴다.

"혹시 천외신계 고수를 사로잡으셨습니까?"

"그렇네."

"녹성고수겠군요. 그래서 천외신계에 대해서 알아내셨군요."

죽장몽개가 무엇을 물을지 예상하여 장하문이 설명했다.

"사해검문 문주 당평원이 본 문을 공격하러 왔는데 그 상황을 암중에서 감시하는 자가 있어서 만공상판이 제압했었소. 그자는 장강 남쪽 율양현(溧陽縣)에 있는 숭무문 총교두라는 가짜 신분으로 행세하고 있었으며 숭무문은 오래전에 천외신계에 장악됐다는 것이오."

"잠시만 기다리십시오."

죽장몽개는 품속에서 표지에 가죽을 덧댄 검고 두툼한 책자를 꺼내 빠르게 책장을 넘기며 무엇인가를 찾아보더니 책자를 덮으며 말했다.

"숭무문은 모산파(茅山派) 출신 제자들이 세운 문파입니다. 모산파도 천외신계에 장악됐습니다."

"모산파가 말이오?"

모산파는 강소성 최남단 모산에 위치한 명문정파로서 예전에는 쟁쟁한 명성을 날려 황산파나 천태파를 능가했으나 근래 들어서 많이 쇠락한 문파다.

"그리고 태극신궁과 사해검문이 통합하여 태사해문으로 만드는 것을 비롯하여 강소성 남쪽 지역 전체는 모산파가 관할하고 있을 것입니다."

"모산파는 황산파 아래에 있소?"

"그렇습니다."

"그렇다면 본 문을 황산파가 직접 담당하는지 모산파가 하는지 모르겠군요."

죽장몽개는 태사해문이 무엇 때문에 비룡은월문을 접수하려고 하는지 알고 있다.

"거기까지는 알지 못합니다."

잠시 생각하던 화운룡이 가볍게 고개를 끄떡였다.

"하룡, 모산파를 조사해 보게."

"알겠습니다."

장하문은 즉시 일어나서 밖으로 나갔다. 천지당을 움직여서 모산파를 감시하면 그들과 숭무문, 그리고 태사해문의 관계를 알아낼 수 있을 것이다.

＊　　　＊　　　＊

죽장몽개는 한동안 묵묵히 술만 마시더니 이윽고 술잔을 내려놓고는 두 손을 앞에 모으고 공손한 표정으로 화운룡을 바라보았다.

"천제께서는 제가 어떻게 하길 원하십니까?"

화운룡은 미소를 지었다.

"자네 원하는 대로 하게."

죽장몽개는 고개를 숙였다.

"저는 천제 휘하에 머물고 싶습니다."

그의 표정은 간절했지만 화운룡은 담담했다.

"십 년 후에는 신풍개가 죽고 나서 자네가 개방의 방주가 될 거야."

죽장몽개는 단호했다.

"저는 방주 자리에는 관심이 없습니다."

"유정에게만 관심이 있다는 거로군."

죽장몽개는 멋쩍은 표정으로 머리를 긁적였다.

"그렇습니다."

"유정이 자네의 천하인가?"

죽장몽개는 말할 것도 없다는 표정을 지었다.

"유정은 천하보다 훨씬 더 큰 존재입니다. 그녀와 같이 죽을 때까지 해로할 수만 있다면 그것이야말로 제 인생의 완성일 것입니다."

화운룡은 흐뭇한 미소를 지었다.

"잘 생각했네."

천지당에 모산파를 감시하라 지시하고 온 장하문은 죽장몽개의 말을 듣고 흐뭇하게 웃었다.

"작은 분파(分派)를 하나 만들어야겠습니다."

"어떤 분파인가?"

"혼인최고문(婚姻最高門)이 어떻습니까?"

화운룡과 옥봉은 장하문이 무슨 말을 하는지 알아듣고 빙 그레 미소 지었다.

"괜찮군."

"주군께서 문주를 하십시오."

화운룡은 천하제일인의 자리를 버리고 옥봉을 선택했으며, 장하문은 화운룡과 함께 천하일통의 꿈을 이루려는 것을 포기하고 백진정을 맞이했고, 죽장몽개는 이십삼 년 만에 첫사랑 유정을 만나게 되어 장차 개방의 방주가 될 것마저도 헌신짝처럼 버리고 혼인을 하려고 하니, 이들 세 쌍이야말로 혼인을 최고로 여기는 연인들이 아니겠는가.

그래서 혼인최고문인 것이다.

화운룡은 손을 저었다.

"나는 비룡은월문 문주 자리로도 머리가 아파. 더 이상 감투는 원하지 않네."

장하문은 죽장몽개를 보며 의미심장하게 미소 지었다.

"나는 주군의 군사를 맡고 있으니까 지위가 없는 당신이 문주를 하면 되겠군요."

죽장몽개는 당황했다.

"어… 저는……."

화운룡이 고개를 끄떡였다.

"그게 좋겠군."

화운룡까지 그러라고 나서자 받아들일 수밖에 없는 상황이 된 죽장몽개가 어정쩡하게 물었다.

"그런데 혼인최고문은 뭐 하는 분파입니까?"

장하문이 빙그레 웃었다.

"사랑하는 연인이나 부부들끼리 이따금 어울려서 진탕 술 마시는 곳이오."

술이라면 죽고 못 사는 죽장몽개는 벌쭉 웃으면서 팔을 휘둘렀다.

"술이라니 그거 좋습니다. 그러면 혼인최고문의 구성원은 누굽니까?"

"주군과 공주님, 나하고 내 정혼녀, 그리고 당신과 유정 소저, 현재는 여섯 분이오."

"언제부터 제가 문주입니까?"

화운룡이 그의 어깨를 툭 쳤다.

"지금부터 하게."

"감사합니다."

죽장몽개는 술잔을 들고 정중하게 말했다.

"문주로서 첫 명령을 내리겠습니다. 이제부터 진탕 마시는 겁니다."

장하문이 건배사를 외쳤다.

"혼최문이여, 영원하라!"

혼인최고문을 줄여서 혼최문이라고 했다.

쨍!

중인은 건배를 하고 단숨에 술잔을 비웠다.

술자리가 한창 무르익을 무렵에 옥봉이 죽장몽개에게 주의를 주었다.

"잠시 후면 유정이 올 텐데 세수라도 하세요."

먼 길을 온 죽장몽개의 몰골은 꾀죄죄했다. 거지 복장이 아닐 뿐이지 상거지나 다름이 없는 모습이다.

"아……."

옥봉은 방그레 미소 지었다.

"이십삼 년 만에 유정과의 해후인데 그녀에게 멋진 모습을 보여야죠."

죽장몽개는 중요한 대화를 나누느라 잠시 잊고 있던 첫사랑 유정을 생각하고는 번쩍 정신이 들었다.

화운룡이 나섰다.

"남자 가꾸는 데는 이 아이만 한 사람이 없을 걸세."

그는 소랑을 불렀다.

"랑아, 이 친구를 근사하게 만들어봐라."

소랑은 밑도 끝도 없는 말에 의아한 얼굴로 죽장몽개를 쳐다보았다.

"이 아저씨를요?"

죽장몽개가 헛기침을 했다.

"나 아저씨 아니오."

장하문이 넌지시 일러주었다.

"장가 안 갔다."

"아……."

소랑은 알겠다는 듯 고개를 끄떡이면서 앞장서며 죽장몽개에게 손가락을 까딱거렸다.

"따라오세요. 남자는 장가 안 가면 그저 다 다 애들이죠, 애."

죽장몽개가 치장을 마치고 오기 전에 유정이 먼저 도착하여 화운룡에게 왔다.

한암장에서 이곳까지 유정을 데리고 온 정현왕부의 호위고수가 멀찌감치 옥봉과 화운룡에게 군신지례를 취하고 유정은 무릎을 꿇고 절을 올렸다.

"유 궁인(宮人), 이리 오세요."

"공주님……."

아담한 체구에 곱상하며 누가 보더라도 착한 인상인 삼십대 후반의 유정은 부복한 채 고개만 들고 옥봉을 바라보며 감히 일어나지 못했다.

옥봉은 그녀에게 다가가서 손수 일으켜 탁자로 이끌어 자신의 옆 의자에 앉혔다.

유정은 정현왕부에서 이십삼 년 동안 궁녀로 지낸 정현왕부의 살아 있는 역사나 다름이 없는 사람이다.

그녀는 정현왕 주천곤의 전 왕비가 죽은 후에 사유란이 후처로 들어와 옥봉을 낳고 그녀가 성장하는 과정을 가까이에서 지켜보았다.

그래서 옥봉이 얼마나 예쁘고 재주가 뛰어나며 선한 성품인지 누구보다 잘 알고 있었다.

하지만 옥봉이 난데없이 한암장에 있는 자신을 부르고 또 이렇게 친절하게 대하는 이유를 알 수가 없어서 그저 한없이 두려울 뿐이었다.

옥봉은 방그레 미소를 지었다.

"유 궁인에게 할 말이 있어요."

옥봉은 좌불안석인 유정의 손을 잡았다. 왕부의 궁녀들은 원래 '궁인'이라고 부른다.

"공주님, 소인은 죽을죄를 지었습니다. 부디 용서를……."

유정은 아무 말도 듣지 못한 채 호위고수에게 끌려오다시피 여기까지 온 이유가 자신이 무언가 큰 잘못을 저질렀기 때문이라고 짐작했기에 무조건 잘못했다고 빌었다.

옥봉은 따스한 미소를 지었다.

"유 궁인이 잘못한 것이 하나도 없는데 무얼 용서하라는 것인가요?"

유정은 의아한 표정을 지었지만 두려움을 지우지 않았다.

안 되겠다 싶어서 화운룡이 거들었다.

"그대는 공천(孔泉)을 아는가?"

"……"

유정이 하루에도 수백 번이나 떠올리는 그 이름이지만 지금 이 순간만큼은 화운룡의 입에서 흘러나온 그 이름이 남의 이름처럼 생소하게 들렸다.

"그대가 산서 안흥 고향에서 사랑했던 남자일세."

"……"

어찌 그를 모를 리가 있겠는가.

지난 이십삼 년 동안 그의 얼굴은 잊었어도 이름만 떠올리거나 되뇌기만 해도 눈물부터 솟구치는 그 정겹고도 그리운 이름을 어찌 모를 텐가. 언젠가는 그 사람을 만날지도 모른다는 흐릿한 희망 하나를 품에 안고서 이날까지 견뎌온 그녀가 아닌가.

화운룡이 거두절미하고 말했다.

"공천이 여기에 있네."

죽장몽개의 이름이 공천이다. 화운룡은 빙빙 에두르지 않고 아예 대놓고 말했다. 그편이 유정의 충격을 덜어주는 방법이라고 생각했다.

유정은 쉴 새 없이 눈을 깜빡거렸다. 화운룡의 말은 알아들었지만 그 말을 이해하지 못했다.

장장 이십삼 년의 멀고도 긴 간격은 이처럼 한 번에 좁혀드는 것이 아니다.

최소한 그녀가 살아온 삶에서는 그랬다. 이런 기적이 일어
나려면 뭔가 오랫동안 준비를 하고 뜸이 들여져야만 가능한
것이다. 그러니 이건 뭔가 잘못됐다.

화운룡은 문을 가리키며 미소 지었다.

"잠시 후에 저 문으로 그가 들어올 걸세."

유정은 필경 이 지체 높으신 두 분이 일상생활이 심심해서
재미 삼아 자신을 놀리는 것이라고 여겼다.

그렇지 않고는 그런 말도 안 되는 기적 같은 일이 절대로
일어날 리가 없다.

척!

그때 이승과 저승을 갈라놓을 듯한 문이 열렸다.

유정의 시선이 이끌리듯이 문으로 향했다.

그리고 소랑에 의해서 말끔하게 가꾸어진 죽장몽개 공천이
쭈뼛거리면서 들어섰다.

공천은 유정이 먼저 와 있을 줄은 꿈에도 생각하지 못하고
자신의 변한 모습이 머쓱해서 화운룡과 옥봉을 쳐다보다가
두 사람 사이에 앉아 있는 자그마한 여인을 발견했다.

그 여인은 자신을 바라보면서 멍한 표정을 짓고 있었다.

몇 걸음 걸어 들어오던 공천의 걸음이 멈추더니 벼락을 맞
은 듯 몸을 후르르 떨었다.

"흐으으……."

유정은 헛것을 보는 것처럼 공천을 바라보았다. 조금 전에
화운룡이 여기에 공천이 있다는 말을 해주지 않고서 그를 직
접 보는 것이었다면, 필경 그녀는 너무 놀라서 심장이 멈추고
말았을 것이다.

"정 매… 정말 정 매인가?"

공천은 눈물과 콧물을 흘리면서 열병에 걸린 사람처럼 중
얼거렸다.

유정은 와들와들 몸을 떨더니 그 자리에서 두 손으로 얼굴
을 감싸 쥐며 울음을 터뜨렸다.

"으흐흐흑!"

공천은 자신이 걷는 것인지 날아가는지 모르는 듯 휘청거리
면서 유정에게 다가갔다. 그와 유정과의 거리가 억겁처럼 멀
게만 느껴졌다.

옥봉은 탁자에 엎드려서 흐느껴 우는 유정의 등을 부드럽
게 쓰다듬으며 달랬다.

"유 궁인, 울지 말고 저 사람을 봐요."

유정은 폭포처럼 눈물을 흘리며 고개를 들었다.

그녀 옆에 다가온 공천 역시 펑펑 눈물을 흘리면서 두 팔
을 뻗었다.

"정 매… 나야, 공천……."

"가가⋯⋯."

옥봉이 일어나서 화운룡의 손을 잡고 밖으로 이끌었다.

밖으로 나와서 문을 닫고 조금 걸어가는데 방 안에서 공천과 유정의 격한 울부짖음이 터졌다.

"정 매!"

"가가! 와아앙!"

특히 유정은 어린아이처럼 울음을 터뜨렸다. 자신의 뜻이 아닌 부모의 강압에 의해서 팔려 가 사랑하는 사람과 이십삼 년 동안 헤어진 채 눈물로 지새운 세월을, 그녀는 저 울음에다 쏟아내려는 것 같았다.

천지당 외당주 잠송이 보낸 수하가 직접 장하문을 만나러 비룡은월문에 왔다.

"사해검문에서 급한 전갈입니다."

전서구로 보내면 서찰이 분실되거나 탈취될 수도 있어서 수하를 직접 보냈다.

장하문은 외당 수하가 공손히 내민 서찰을 펼쳐서 읽고는 즉시 화운룡을 만나러 나갔다.

"기다리고 있어라."

장하문은 화운룡이 서찰을 다 읽기를 기다렸다가 진지한

표정으로 물었다.

"어떻게 하시겠습니까?"

비룡은월문의 천지당 외당이 남경 사해검문 주변에 상주하면서 감시, 대기하고 있는 중이다.

사해검문 문주 당평원은 그 사실을 알고 있기에 천지당 외당 수하에게 현재 자신이 처한 상황에 대한 서찰을 은밀하게 전한 것이다.

서찰에는 당평원이 절박한 상황에서 화운룡에게 도움을 청하고 있었다.

그는 사해검문 내에 침투해 있는 천외신계 고수들을 거의 다 파악했는데 정작 결과물을 보니까 너무 어마어마해서 어디에서부터 어떻게 손을 대야 할지 엄두가 나지 않아 도움을 청하는 것이다.

서찰에는 자세한 언급은 하지 않았지만 사해검문 전체 천삼백여 명 중에 이백여 명이 천외신계 녹성고수들이고 칠백여 명이 그들에게 포섭된 배신자들이라는 것이다.

그 정도로 썩을 때까지 당평원이 까맣게 모르고 있었다는 것이 신기할 정도였다.

어쨌든 그렇다면 전체 천삼백여 명 중에서 천외신계 쪽이 구백여 명이니까, 물들지 않은 수하는 사백여 명이라는 단순 계산이 나오지만 그게 아니다.

당평원이 그 사백여 명을 자기편으로 확실하게 끌어들이려고 어설프게 접근했다가는 외려 천외신계 쪽에 발각되어 지금보다 더 큰 난국에 처할 수가 있다.

그래서 당평원은 그들에게 섣불리 접촉도 하지 못한 채 속만 태우고 있다는 것이다.

일단 당평원이 사백여 명에게 손을 뻗지 않은 일은 잘한 것이라는 게 장하문의 생각이다.

"당 문주는 확실한 자기편이 사백여 명 중에서 백이십 명이라고 했습니다. 그래 봐야 사해검문 전체의 십분지 일이 채 못됩니다."

그렇게 말해놓고 장하문은 씁쓸한 표정을 지었다.

"사실 그 정도면 당 문주는 사해검문을 포기해야 합니다. 그런데도 도움을 청하고 있군요."

"하룡, 자네 생각은 어떤가?"

장하문은 이미 거기에 대해서 충분히 생각했다.

"두 가지 방법이 있습니다. 하나는 당 문주가 사해검문을 포기하고 떠나는 것입니다. 그래서 그를 비롯한 백이십 명을 본 문이 받아들여서 인원을 보강하는 것입니다."

비룡은월문은 워낙 규모를 방대하게 지은 덕분에 현재 지어져 있는 전각만으로 족히 삼천 명을 수용하고도 남는다.

더구나 성채 안에 빈 공간이 절대적으로 많기 때문에 전각이 모자랄 경우 더 지으면 된다.

"또 하나의 방법은 당 문주의 요구대로 본 문의 최정예를 선발하여 그를 도우러 가는 것입니다. 그렇지만 성공할 가능성은 매우 희박합니다."

화운룡은 고개를 끄떡였다.

"우리가 두 번째 방법을 선택할 수도 있는데, 당 문주가 어떤 방법으로 사해검문 내의 천외신계 잔당들을 제거할 것인지 자세한 방법은 언급하지 않았네."

"방법이 없어서 우리에게 전부 맡기겠다는 것이거나, 아니면 우리가 가서 그에게 직접 방법을 들어야 하는 거겠죠. 제 생각이지만 아마 그로서는 방법이 없을 것입니다."

장하문은 화운룡을 쳐다보다가 그가 이미 두 번째 방법을 선택했다는 사실을 알아차렸다.

그렇기 때문에 이제부터 어떻게 하겠다고 굳이 화운룡의 입을 통해서 듣지 않아도 알 수 있다. 그래서 장하문이 그의 군사인 것이다.

주군이 결정했다면 군사는 반대하지 말고 그 결정이 성공할 수 있도록 전력을 다하는 것이 본분이다.

화운룡이 결론을 내렸다.

"사해검문을 되찾는 방법을 강구해 보게."

장하문의 예상이 맞았다.

"알겠습니다."

장하문은 대답하고는 고개를 갸웃거리며 물었다.

"태극신궁은 어찌합니까?"

사해검문과 태극신궁, 그리고 이십삼 개 방파와 문파들이 합쳐서 태사해문이 탄생했다.

그러므로 사해검문과 태극신궁을 떨어뜨려서 생각한다는 것은 어려운 상황이었다.

화운룡은 잘라서 말했다.

"우린 사해검문만 챙긴다."

태극신궁은 안휘성의 패자이므로 그들하고는 전혀 상관이 없다는 뜻이다.

"알겠습니다."

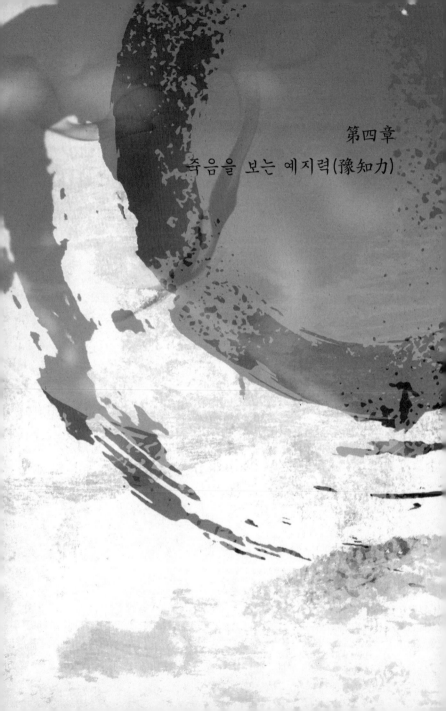

第四章

죽음을 보는 예지력(豫知力)

　화운룡은 운공조식을 하여 죽장몽개 공천 등과 마신 술의 취기를 깡그리 몰아냈다.

　그러면서 그는 자신의 공력이 삼십오 년으로 증진되었다는 사실을 알게 되었다.

　삼십오 년 공력이란 십절무황 시절에 비하면 조족지혈이지만 지금 상황에서는 그나마도 감지덕지다.

　그 정도면 청룡전광검을 비롯한 몇 가지 절학과 과거 무황 십이신 중에 열한 명을 굴복시켰던 열 가지 무공을 흉내 정도 낼 수 있을 터이다.

그는 운룡재 삼 층 연공실에서 나와 침실로 들어갔다.

옥봉과 사유란은 의자에 앉아서 그를 기다리고 있다가 일어나서 맞이했다.

두 여자는 화운룡이 무도복을 벗고 깨끗한 흑의 경장으로 갈아입는 것을 도와주었다.

"조심하세요."

옥봉이 앞에 서서 그를 올려다보며 말했다.

화운룡은 옥봉을 번쩍 안아 들어 올렸다.

그러자 옥봉은 그와 같은 키 높이가 되었다.

"무사하시도록 기도할게요."

"나도 할 거야."

옆에서 사유란이 방긋 미소 지었다.

화운룡은 조금 호기를 부려보기로 했다. 예전 십절무황 시절에는 꿈도 꾸지 못했던 호기다.

"봉애가 뽀뽀를 해주면 좋은 부적이 될 것 같군."

"어머?"

화운룡은 오랜만에 옥봉의 애칭인 '봉애'라고 불렀다.

그 말에 옥봉은 얼굴이 능금처럼 빨개져서 작은 주먹으로 그의 어깨를 때렸다.

"몰라요."

옥봉의 반응을 보고 화운룡은 괜히 호기를 부렸나 싶어서 머쓱해졌다.

사실 여자에 대해서라면 눈곱만큼도 알지 못하는 화운룡으로서는 옥봉하고 오래 같이 지냈지만 진도는 거의 나가지 못하고 있는 실정이다.

옥봉을 어리게 보는 탓도 있지만 너무 소중한 사람이라서 어떻게 해보지 못하는 것이다.

"어… 미안……."

그는 사과하다가 말을 멈추었다. 옥봉이 눈을 꼭 감고 그에게 입을 맞추었기 때문이다.

화운룡의 커다란 입에 비해서 반에 반도 되지 않는 옥봉의 작고 붉으며 촉촉한 입술이 그의 입술에 닿아 있다.

그가 보니까 옥봉은 눈을 꼭 감고 있는데, 무척이나 긴 속눈썹이 바르르 떨고 있으며 그녀의 심장이 콩콩 뛰는 소리가 천둥처럼 크게 들렸다.

문득 화운룡이 속삭였다.

"용황락에서 나는 봉애와 뽀뽀를 했었나?"

옥봉의 눈이 반짝 떠졌다가 다시 사르르 감겼다.

"물론이에요."

서로 속삭이는 바람에 두 사람의 입술이 작은 마찰을 일으키며 살짝 부딪쳤다.

그랬기에 두 사람은 똑같이 가슴 한복판으로 찌르르한 무엇이 강하게 흐르는 것을 느꼈다.

화운룡은 과연 용황락의 팔십사 세 먹은 화운룡이 옥봉에게 무슨 해괴한 짓을 어디까지 했는지 궁금해졌지만 나중에 알아보기로 했다.

그리고는 남이 아닌 바로 자신인 용황락의 그 늙은이에게 괜한 경쟁심이 생겨서 옥봉의 입술에 살짝 뽀뽀를 했다.

옥봉이 자그마한 몸을 움찔 떠는 것을 느끼면서 화운룡은 그녀를 보며 빙그레 미소 지었다.

"음… 음……."

옥봉은 그의 목에 두 팔을 감은 채 온몸을 바들바들 떨었다.

옥봉은 작은 소리를 내면서 몸을 떨며 가만히 있었다.

입술을 뗐을 때 화운룡은 흠칫 놀라서 옥봉을 침상에 조심스럽게 눕혀야만 했다. 그녀가 거의 정신을 잃은 것 같은 상태가 돼버렸기 때문이다.

운룡재 공동 연무장에 화운룡과 측근들이 모여 있었다.

말 그대로 그와 측근들이 다 모였다. 장하문을 비롯한 십룡일위, 그리고 죽장몽개 공천이다.

십룡이위 중에 창천은 주천곤과 옥봉, 사유란을 호위하기 위한 최소한의 호위고수로 남았다.

호위고수는 창천과 보진 두 명이지만 보진이 창천더러 이곳에 남으라고 하면 창천은 거스를 수가 없었다.

무공이나 나이는 창천이 훨씬 높고 많지만 그는 절대로 보진의 고집을 꺾지 못한다.

이번 사해검문 출정에는 화운룡이 직접 측근들을 이끌기로 마음먹었다.

화운룡은 뒷전에서 수하들만 부리는 상전이 아니다. 십절무황 시절에도 그는 싸움에는 항상 가장 먼저 선봉에서 달려나갔으며 싸움이 끝나면 제일 늦게 돌아왔다.

화운룡은 일렬로 늘어서 있는 십룡위를 천천히 일일이 쳐다보았다.

모두 생사현관이 타통된 십룡위는 예전의 그들이 아니다. 하루가 다르게 무위가 발전하고 있는 중이다. 어제보다 오늘이 더 강하고 오늘보다는 내일이 더 강해지고 있다.

그래서인지 그들의 얼굴은 광채가 번뜩였으며 눈에서는 정광이 이글거렸다.

개방 장로인 공천의 현재 공력 수위는 팔십 년 정도로, 개방 내에서 열 손가락 안에 꼽히는 초일류고수다.

하지만 십룡이위 각자와 일대일로 겨룬다면 화지연이나 도도, 전중 등 십룡이위에서 가장 약한 몇 명을 제외하고는 이기지 못할 것이다.

왜냐하면 십룡이위 대부분 공천보다 공력이 높거나 비슷한 수준이며, 그들이 배우고 있는 무공들이 가히 당대 최고의 절학이라고 할 수 있을 만한 수준이기 때문이다.

무공에서 중요한 것은 무엇을 배웠는지의 초식이지 결코 공력이 아니다.

공력을 힘이라고 한다면 초식은 싸우는 방법이다. 힘이 아무리 세다고 해도 싸우는 방법이 형편없으면 서 있을 힘조차 없는 사람에게도 당할 수밖에 없다.

현재 십룡이위가 연마하고 있는 절학들은 전부 화운룡이 평생의 심득 중에서 정수만을 뽑아 만들었기에, 가히 천하제일이라고 할 수 있다.

다시 말하면 십룡이위는 천하제일인이 되고 있는 중이다.

옛말에 각곡유목(刻鵠類鶩)이라는 것이 있다. 고니, 즉 백조를 그리려다가 성공하지 못해도 최소한 집오리는 그릴 수 있다는 얘기다.

다시 말하면, 십룡위가 장차 천하제일인은 되지 못하더라도 초절정고수는 될 수 있을 것이라는 얘기다.

화운룡 좌우에는 장하문과 보진, 공천이 서 있다.

공천은 장하문에게 설명을 듣고 자신도 도움이 되겠다면서 같이 가겠다고 나섰다.

이십삼 년 만에 해후한 유정과 시간을 보내라면서 장하문이 만류했지만 들으려고 하지 않았다.

그런 걸 보면 그는 사사로움보다는 신의나 의리를 중하게 여기는 사내대장부가 분명하다.

공천이 이번 출정에 참가하기로 한 중요한 이유는 화운룡이 미래에서 현재로 오면서 십절무황의 경천동지할 무위를 모두 잃었다는 설명을 장하문에게 들었기 때문이다 그래서 자신이 일익이나마 도움이 되려는 것이다.

그런데 공천이 보기에 지금 눈앞에 서 있는 인원만으로 사해검문의 일을 해결하려는 것은 섶을 지고 불구덩이 속으로 뛰어드는 것처럼 어이없게 보였다.

그가 보기에 장하문을 제외한 열한 명 전원은 이십 대의 혈기방장한 청년이라는 점이 특징일 뿐이지 순전히 오합지졸인 것 같았다.

다만 한 가지 작은 위안이 되는 것은, 사신천가의 천제인 화운룡이 이들을 직접 가르쳤다는 사실이다.

화운룡이 직접 가르쳤다면 생명 없는 나무나 돌이라고 해도 뭔가 한몫할 것이라고 위로를 삼았다.

화운룡은 수하들에게 여러 말 하지 않았다.

"가자."

남경 서쪽 장강의 남쪽에는 매자주(梅子州)라는 자그마한 섬이 있으며 그곳에 사해검문이 있다.

둘레 십오 리 정도인 조그만 섬 매자주 남쪽 폭 이십여 장의 작은 샛강은 남경 성내로 통하는 수많은 거미줄 같은 운하로 연결되어 있으며; 크고 작은 배 수백 척이 분주하고 얽히고 설켜서 오가고 있었다.

매자주 남쪽 샛강에는 신하진(新河鎭)이라는 포구가 있으며 샛강 건너 남경 쪽에는 북하진(北河鎭)이라는 포구가 서로 마주 보고 있다.

신하진 포구에는 여느 번화가 같은 거리가 조성되어 있고 그 뒤편에는 마을이 자리 잡고 있으며 마을 뒤쪽에 거대한 사해검문의 대전각군이 있었다.

사해검문은 매자주 섬 북쪽 절반을 차지하는데 전각군의 둘레가 무려 오 리에 해당할 정도로 대문파다.

화운룡 일행은 밤새 달려서 동이 트기 전에 남경 쪽 북하진에 이르렀다.

아무리 포구라고 해도 깊은 한밤중이라면 조용하겠지만 상단과 상전들이 밀집해 있는 터라 동틀 녘에는 원래 부지런한 뱃사람들 탓에 분주해지게 마련이다.

화운룡 일행이 북하진 거리에 들어섰을 땐 여러 대의 수레들이 포구 쪽으로 줄지어 가고 있으며 등짐을 멘 장사치 수십 명이 바삐 오가고 있었다.

북하진에서 매자주의 신하진으로는 높은 다리가 가로놓여 있으며 길이가 오십여 장에 달했다. 다리 아래로 부지런한 배들이 물살을 가르고 있었다.

"이걸 이용하십시오."

미리 나와서 기다리고 있던 천지당 외당 수하가 화운룡 일행에게 인사를 하고 나서, 길가에 죽 서 있는 상단에서 사용하는 네 대의 수레를 가리켰다.

네 대의 수레에는 큼직한 상자와 묵직한 자루들이 수북하게 쌓여 있어서 누가 보더라도 장사꾼 물건 같았다.

"지니고 계신 무기는 짐 속에 감추십시오. 풀어주시면 제가 처리하겠습니다."

천지당 외당 휘하 두 명의 수하는 이 근처의 장사꾼 복장을 한 이삼십 대의 체구가 당당한 청년들인데 공손하면서도 완고했다.

"다리를 건너면 사해검문의 감시가 심합니다."

그중 한 명이 저만치의 다리를 가리켰다.

화운룡이 먼저 메고 있는 무황검을 풀어 내밀자 천지당 수하가 공손히 받아서 빈 자루에 담았다.

화운룡을 시작으로 모두들 무기를 풀어서 담은 자루를 상자와 자루 사이에 감추고 나서, 천지당 수하가 허름한 겉옷 하나씩을 나누어주었다.

"이걸 입으십시오."

이번에도 화운룡이 솔선해서 입자 다들 서둘러 포구 장사치나 일꾼들이 즐겨 입는 거친 옷을 걸친 후에 수레를 끌고 밀며 천천히 다리로 나아갔다.

구르르르……

천지당 외당 수하 한 명이 수레 옆을 걸어가고 있는 화운룡에게 공손히 보고했다.

"이따 밤에 사해검문에서 당 문주가 보낸 사람이 나올 텐데 그가 자세한 얘기를 해줄 겁니다."

화운룡을 바짝 뒤따르는 장하문이 물었다.

"밤까지 기다려야 하느냐?"

"그쪽에서 밤에 사람을 보낸다는 전갈이 왔으니까 그를 만나야지만 어떤 행동이든 할 수 있지 않겠습니까?"

그의 말인즉 아무것도 모르는 상태에서 낯선 남의 동네를 휘젓고 다닐 수 있겠느냐는 것이다.

맞는 말이지만 새카만 졸때기가 그렇게 말한다는 게 쉽지 않은 일인데 그는 거침이 없었다.

장하문이 그를 보며 눈으로만 흐릿하게 웃었다.

"네가 도담대(都膽大)로구나."

삼십오륙 세 정도의 꼬챙이처럼 생긴 깡마른 사내가 장하문을 힐끗 보았다.

"그렇습니다."

해룡상단이 원래 남경에 있는 상권을 사해검문 때문에 철수하려고 할 때 장하문이 반대했다.

상권이라는 것은 처음에 길을 뚫고 만들어서 그곳에 기반을 내리기까지 보통 어려운 게 아니다.

그런데 사해검문 때문에 철수한다면 나중에 사해검문 일이 해결됐을 때 다시 새로 그 어려운 과정을 답습해야 하는데, 그래서는 힘이 곱절로 더 들 것이고 기반은 예전처럼 탄탄하지 않을 것이 분명하다.

그래서 장하문은 남경의 상권을 존속시키되 해룡상단이 아닌 것처럼 감쪽같이 위장을 하라고 지시했다.

그 덕분에 남경지부에 속해 있는 수백 명이 생계 수단을 잃지 않아도 됐고, 더불어 그 가족들까지 수천 명이 안도의 한숨을 내쉬었다는 후문이다.

해룡상단 남경지부는 크게 세 군데인데 이곳 매자주 신하진 포구에 있는 신하상전이 그중 하나다. 상전이란 지부 아래에 있으며 방파로 치자면 분타 같은 곳이다.

장하문은 신하상전을 천지당 외당주 잠송에게 담당하라 일렀는데 그가 숙부처럼 따르는 인물을 신하상전의 전주로 임명했다고 어느 날 보고를 올렸다.

그가 바로 도담대인 것이다.

비룡은월문에 대해서라면 항상 귀를 열어두고 있는 장하문은 이따금 도담대에 대한 소문을 들었다.

그는 지나칠 정도로 강직하고 철두철미하며 타협을 몰라서 같은 상전이나 해룡상단 남경지부 사람들하고도 마찰이 자주 일어난다는 것이다. 말하자면 원칙을 곧이곧대로 밀어붙이는 사람이다.

도담대는 화운룡과 장하문이 자신의 밥줄을 쥐고 있는 대단한 인물이라는 사실을 알면서도 추호도 주눅이 들지 않는 강골의 기질을 보이고 있었다.

드르르……

화운룡 일행이 네 대의 수레를 끌고 밀면서 다리를 건너며 보니까 과연 다리 건너 쪽, 그리고 포구 여기저기에 사해검문 고수들로 보이는 자들이 삼엄하게 경계를 하고 있는 광경이 눈에 띄었다.

*　　　　　*　　　　　*

해룡상단 남경지부 신하상전은 포구에서도 가장 좋은 자리에 위치해 있었다.

상전 입구 위에는 붉은 글씨로 '홍로상전(紅鷺商廛)'이라는 편액이 걸려 있었다.

잠송이 운영하던 양주의 옛 하오문 이름이 홍로방이었는데 그 이름을 그대로 땄다.

네 대의 수레가 상전 앞에 도착하자 도담대가 화운룡 일행을 즉시 상전 뒤쪽의 아담한 장원으로 안내했다.

"이곳에서 쉬십시오."

도담대가 일행을 전각 안까지 안내하고는 고개를 숙였다.

장하문이 그에게 지나가는 말처럼 물었다.

"네 본명은 뭐냐?"

"도풍림(都風林)입니다."

도담대의 '담대'는 그가 배짱이 두둑하고 강심장이라서 붙여진 별명이다.

"너는 멀리 가지 말고 대기하고 있어라."

"그러겠습니다."

아직 동이 트기 전이므로 밤이 되려면 꽤 오래 기다리고 있어야 했다.

이른 아침 식사 후에도 아직 동이 트지 않았다. 화운룡은 십룡위에게 자유 시간을 주고 나서 혼자 침상에 누웠다.

어젯밤에 여기까지 오느라 힘들었을 텐데도 잠은 오지 않고 이런저런 잡념이 가득했다.

잠을 자지 않을 바에는 무공이라도 전개해 보려고 침상에서 일어나 앉았다.

그때 문밖에서 보진의 목소리가 들렸다.

"주무세요?"

"들어와라."

보진이 차를 가지고 들어왔다.

"주무실 거면 그냥 가겠어요."

"아니다. 마시자."

보진은 탁자에 무척이나 조심스럽게 찻잔을 내려놓고 그윽한 차를 따랐다.

그녀는 소랑이나 도도가 하는 이것, 즉 화운룡에게 시중드는 일을 자신이 꼭 해보고 싶었다.

도대체 얼마나 그 마음이 간절했으면 소랑이나 도도가 부럽기까지 했다.

"차 마시고 나서 뭐 하실 거예요?"

평소에 보진은 화운룡에게 먼저 말을 거는 일이 거의 없으며 묻는 말 외에는 말하지 않는 단답형인데, 지금은 집을 떠나 있고 또 자신이 화운룡의 시중을 들고 있다는 특별한 사실 때문에 조금 용감해졌다.

"무공 연마를 할 생각이다."

보진은 눈을 반짝거렸다.

"저하고 같이할까요?"

"너하고?"

"네, 주군께 한 수 배우고 싶어요."

화운룡은 빙그레 웃으며 손을 저었다.

"내가 너보다 하수인데 그런 소리 하지 마라."

보진은 어젯밤에 화운룡에 대한 진실을 알고는 말 그대로 혼비백산했다.

자신이 모시고 있는 주군이 십절무황이라는 별호이며 무림사 이래 유일하게 천하무림을 일통한 천하제일인이었다니 기절초풍할 일이었다.

더구나 전설의 천중인계 사신천가의 천제였다는 사실을 알게 되어 보진은 그가 사람이 아닌 신으로 보였다.

그래서 자신이 그런 위대한 인물을 보필하고 있다는 사실에 무한한 자부심을 느꼈다.

그가 미래에 팔십사 세 노인이었다는 사실은 그녀에게 그리 중요하지 않았다.

현실의 그는 과거로 돌아와서 그녀보다 두 살이나 연하인 스무 살이 아닌가.

아니, 설혹 그가 팔십사 세 노인의 모습을 하고 과거로 돌아왔다손 치더라도 그를 향한 보진의 마음은 지금과 같을 것이 분명하다.

지금은 화운룡이 하늘을 땅이라고 하고 물을 불이라고 해도 무조건 믿는다. 이른바 맹종이다.

"주군과 비무해 보고 싶어요."

"허어……."

"아이… 살살 할게요."

지금 보진은 애교에 앙탈을 더해서 부리고 있었다. 아미파 출신의 요조숙녀인 그녀로서는 놀랄 일이다.

단언컨대 그녀는 누군가에게 애교와 앙탈을 부려본 적이 한 번도 없었다.

화운룡은 여자, 더구나 가족처럼 생각하는 보진의 애교에 껌뻑 넘어갔다.

예전부터 그는 여자의 애교나 콧소리에 약했다. 그런데도 팔십사 세까지 동정을 유지한 불가사의한 남자다.

"허허허! 알았다."

그때 방문 밖에서 도도의 목소리가 들렸다.

"주인님, 주무시나요?"

실내에서 화운룡과 보진이 하는 대화를 다 들었을 텐데 자느냐고 묻는 앙큼한 도도다.

"무슨 일이냐?"

도도의 한껏 간드러지는 목소리가 들렸다.

"술상 봐왔어요."

화운룡은 어이없는 표정을 지었다.

"꼭두새벽에 술이라는 것이냐?"

보진이 손으로 입을 가리며 '풋!' 하고 웃었다.

그녀의 웃음소리는 밖에도 다 들려서 도도는 눈물이 나올 정도로 약이 올랐다.

화운룡이 워낙 술을 좋아하니까 시도 때도 없이 마실 것이라고 생각했다. 아직 어린 도도다운 발상이지만 잘못 짚어도 한참 잘못 짚었다.

"그럼 차를 가져올까요?"

"지금 차 마시고 있다."

이쯤 되면 도도가 들어오고 싶어서 저런다는 것을 짐작할 수 있을 텐데 여자에 대해서는 아무것도 모르는 화운룡은 엄한 소리만 했다.

"피곤할 테니 어서 가서 자라."

"네……."

도도가 힘없이 대답하고 나서 물러간 기척을 감지하고는 보진이 화운룡에게 친근한 웃음을 보내며 속삭였다.

"잘하셨어요."

승리의 미소다.

"뭐가 말이냐?"

보진은 눈웃음을 살짝 쳤다.

"도도 보낸 거요."

그녀의 눈웃음을 보면 남녀 공히 다 녹아버릴 테지만 화운룡은 갑자기 피곤해졌다.

"너도 가서 자라."

"네?"

"나도 눈 좀 붙여야겠다."

"주군……."

조금 전에 비무를 하자고 떼를 써서 허락을 받았는데 화운룡이 이제는 잔다는 말에 보진은 맥이 풀렸다.

보진은 얼른 일어나서 침상의 이부자리를 정리하고 그 옆에 다소곳이 섰다.

"주무세요."

"오냐."

화운룡이 침상에 눕자 보진은 공손히 허리를 굽히고 나서 방을 나갔다.

잠시 후 화운룡이 잠이 들었을 때 문이 기척 없이 열리더니 보진이 다시 들어왔다.

그녀는 화운룡이 자고 있는 것을 확인하고는 침상 아래 바닥에 가부좌를 틀고 앉아 눈을 감았다.

비룡은월문 운룡재에서 보진은 화운룡과 옥봉, 사유란이 같이 자는 침상 바로 옆 침상에서 자며 그들을 호위했기에 이곳에서도 화운룡을 지근거리에서 호위하는 것이다. 그것이 그녀의 본분이었다.

화운룡이 한숨 푹 자고 일어났을 때 장하문이 침상 옆 의자에 앉아 있다가 조용히 말했다.

"깨셨습니까?"

"음."

화운룡이 일어나 앉자 장하문이 말했다.

"당검비 남매가 한 가지 사실을 알려주었습니다."

"그래?"

보진은 한쪽에 공손한 자세로 서 있다.

"직접 들어보시겠습니까?"

"그러지."

화운룡이 고개를 끄떡이자 장하문이 문을 향해 말했다.

"들어와라."

문이 열리고 당검비와 당한지가 조용히 들어와 나란히 서서 화운룡에게 인사했다.

"사해검문에 저희 친구들이 있습니다."

당검비는 화운룡의 반응을 살폈으나 그가 말없이 일어나 탁자 앞에 앉자 탁자 가까이 다가가서 설명을 이었다.

"세 명인데, 그들은 저희 남매와 함께 동문수학한 사이라서 믿을 수 있습니다. 그들은 사해검문의 속사정에 대해서 아버지보다 더 자세히 알고 있을 것입니다. 그러니까 저희가 그들을 불러내서 은밀하게 만나면 좋을 것 같습니다."

도도가 차를 가지고 들어와서 탁자에 여러 개의 찻잔을 늘어놓자 장하문과 보진, 당검비 남매가 탁자에 자연스럽게 둘러앉았다.

화운룡은 자신이 앉아 있을 때 상대를 선 채로 보고하도록 놔두지 않는다는 사실을 잘 알고 있기 때문이다.

화운룡은 묻지 않고 듣기만 했다.

"또한 그들에게 도움을 청해서 같이 행동하는 것이 어떨까 합니다만."

당한지가 첨언했다.

"그들 중에 여자가 한 명 있으며 소녀의 친구인데, 집이 이곳에서 주루를 하고 있어요. 친구 이름은 선한매(善寒梅)이고 사해검문에 별일이 없으면 아침저녁 상하반(上下班: 출퇴근)을 집에서 하고 있어요."

장하문이 곁들였다.

"선한매는 보통 늦어도 술시(밤 8시경)면 집에 온다고 합니다. 그런데 당 문주로부터 연락이 왔는데 해시(밤 10시경)에서 자정 사이에 사람을 보낼 테니까 그를 따라서 사해검문에 잠입하라고 했습니다. 그렇다면 우리가 미리 선한매를 만나서 사전에 정보를 알아두는 것도 나쁘지 않을 것 같습니다."

선한매를 먼저 만나보고 나서 당평원이 보낸 사람을 만나도 늦지 않을 것 같다.

그리고 일선에서 일하고 있는 선한매라면 사해검문 내부 사정에 대해서 당평원보다 더 많이, 그리고 자세하게 알 것이다.

화운룡은 고개를 끄떡이면서 당검비와 당한지를 쳐다보다가 문득 당한지 얼굴에 시선이 고정됐다.

그리고 그 순간 당한지 얼굴에서 어떤 기운을 감지했다. 그것은 말로는 뭐라고 설명하기 어려운 느낌인데, 그녀가 갑자기 살아 있는 사람이 아닌 유령처럼 보였다.

그러나 화운룡이 다시 눈을 한 번 깜빡이고 쳐다보니까 영혼은 간데없이 사라지고, 당한지가 그의 시선을 받고 부끄러운 듯 살짝 얼굴을 붉히고 있었다.

"모두 가장 큰 방에 모이게 해라."

화운룡은 모두에게 당부할 말도 있고, 또 며칠 전에 가르쳤던 격공금룡수를 점검할 겸 장하문에게 지시한 후 당한지더러 남으라고 했다.

화운룡은 의자를 바로 앞에 두고 거기에 당한지를 앉게 하여 가까이에서 그녀를 뚫어지게 살펴보았다.

조금 전에 그가 당한지를 보면서 감지했던 이상한 징후는 처음 겪는 일이라서 경험이 풍부한 그로서도 그게 무엇을 뜻하는 것인지 알 수가 없다.

아무것도 모르는 당한지는 그가 뚫어지게 주시하자 부끄러움을 참지 못하고 고개를 푹 숙였다.

"고개 들어라."

"……"

평소 자상한 화운룡의 목소리가 아닌 엄숙한 말투에 당한지는 흠칫 놀라 급히 고개를 들었다.

화운룡은 당한지에게서 아무것도 알아내지 못하자 마음이 께름칙했다.

그렇지만 그는 자신이 조금 전에 당한지에게서 헛것을 봤다고 생각하지 않았다.

그는 자신의 이목과 오감에 대해서는 그 무엇보다도 자신하고 있는 편이다.

조금 전에 그가 본 것은 마치 유령이나 영혼 같은 것이었으며, 당한지의 모습이 순간적으로 변했다. 팔십사 년을 산 화운룡이지만 이런 경우는 생전 처음이다.

슥……

"아……"

화운룡이 두 손으로 의자를 잡고 앞으로 더 가까이 끌어당기자 그렇지 않아도 긴장해서 조마조마하고 있던 당한지는 화들짝 놀라 뒤로 자빠졌다.

탁!

화운룡이 재빨리 손을 뻗어 그녀의 어깨를 잡았다.

"......!"

순간 그는 당한지의 어깨를 잡은 손으로부터 흐릿한 어떤 기운을 감지했다.

그게 무엇인지 잠시 생각하던 그는 자신이 육십사 년 후 미래에서 과거로 회귀한 순간 차디찬 율하 강물 바닥에서 느꼈던 절망감과 죽음의 기운과 동일하다는 사실을 확인하고는, 움찔 몸이 떨며 손을 뗐다.

＊　　　＊　　　＊

당한지는 언제나 담담하거나 자상한 표정의 화운룡이 갑자기 근엄하고 단단하게 구는 것을 보자 뜨거운 불길 속에 내던져진 것 같은 두려움이 느껴졌다.

"왜 그러세요……?"

화운룡은 당한지의 말을 듣지 못하고 다시 손을 뻗어 그녀의 어깨를 만졌지만 조금 전하고는 달리 이번에는 아무것도 느껴지지 않았다.

그는 두 손을 뻗어 당한지의 정수리에서부터 조심스럽게

더듬으면서 얼굴과 목, 어깨로 내려갔다.

당한지는 뭔가 심상치 않음을 느끼고 몸이 딱딱하게 경직된 채 눈도 깜빡이지 않았다.

그러다가 어느 한순간 화운룡의 손이 그녀의 몸 어느 한곳에서 뚝 정지했다.

왼쪽 가슴 부위, 아니, 왼쪽에 조금 더 가까우니까 심장이다.

그는 당한지를 발가벗겨서 추궁과혈수법을 했을 정도이므로 옷 위로 가슴을 확인하는 것 정도는 대수롭지 않았다.

물론 당한지는 그렇지 않을 테지만 말이다.

두근… 두근… 두근…….

갑자기 가슴이 만져지는 바람에 당한지의 심장이 평소보다 훨씬 빠르게 콩닥거리고 있는데 어떤 강력한 느낌이 그의 손바닥으로 전해졌다.

그것은 흑암(黑暗), 곧 죽음이었다.

어째서인지 알 수 없지만 화운룡은 당한지가 머지않아서 죽을 것이라는 강렬한 예감을 감지했다.

그러므로 조금 전에 그가 얼핏 보았던 당한지의 유령 같은 모습은 그녀가 죽어서 영혼이 빠져나가는 광경을 미리 본 것이 분명했다.

"지아."

"……."

화운룡이 손을 떼면서 애처롭고도 안타까운 목소리로 부르자 당한지는 왠지 모를 두려움 때문에 숨이 막혀서 아무 말도 하지 못하고 작고 가녀린 몸만 바들바들 떨었다.

화운룡은 자신의 이 느낌을 확신했다. 육십사 년 전 미래에서 과거로 회귀한 것 자체가 신기한 일이거늘 그에게 무슨 일인들 일어나지 않겠는가.

난생처음 겪는 일이지만 그는 자신이 당한지의 미래를 봤다는 확신이 들었다.

당한지가 죽는다면 사해검문 내에서 천외신계들과 싸우는 과정이 분명하다.

만약 이 사실을 미리 알았더라면 그녀를 절대로 여기까지 데리고 오지 않았을 것이다.

당한지는 화운룡의 이런 모습을 처음 보는 터라서 큰 눈을 더욱 크게 뜨고 파리한 입술로 떨면서 말했다.

"왜 그러세요?"

"이리 와라."

화운룡은 당한지를 잡고 끌어당겨 자신의 허벅지에 앉히고 가슴에 깊이 안았다.

"주군… 무서워요……."

화운룡은 부드럽게 그녀의 등을 쓰다듬었다.

"괜찮다. 무서워하지 마라."

"왜 그래요? 무슨 일인가요?"

당한지가 잔뜩 겁먹은 목소리로 물었지만 화운룡은 제대로 대답해 줄 수가 없었다.

당한지는 상상할 수 없을 정도로 굉장한 신의 능력을 지닌 화운룡이기에 문득 그가 자신의 미래를 본 것이 아닐까 하는 생각이 더럭 들었다.

"저 죽어요?"

"지아."

화운룡이 대답을 못 하자 당한지는 자신이 죽게 될 것이라고 믿고 가슴이 덜컥 내려앉았다.

"저 죽는군요……?"

화운룡은 아무 말도 하지 못하고 그녀를 안고 등을 쓰다듬기만 할 뿐이었다.

그때 문이 열리고 장하문이 들어와서 그 광경을 보고는 움찔 몸이 굳었다.

화운룡의 얼굴이 단단하게 굳어 있는 것을 발견했기 때문인데 그는 화운룡을 만난 이후 그가 이런 표정을 짓는 것을 처음 보았다.

화운룡은 당한지를 내보내고 나서 장하문에게 자신이 당한지에게서 발견한 일을 차분하게 설명했다.

"예지(豫知)입니다. 분명합니다."

'예지'란 앞일을 미리 아는 능력이다.

"음… 나도 그리 생각하네."

장하문이 굳은 얼굴로 의견을 말했다.

"당한지를 돌려보내면 어떻겠습니까?"

"하책이야."

당한지의 미래에 죽음의 그림자가 드리워졌다면 어딜 가더라도 정해진 운명을 피하기는 어렵다.

"그렇겠군요."

당한지를 제외한 보진과 구룡위가 큰 방에서 화운룡을 기다리고 있지만 지금 화운룡 머리엔 당한지의 죽음만 가득 들어 있을 뿐이었다.

한참 만에 장하문이 진지하게 말했다.

"주군께서 예지를 하셨으면 방비(防備)도 하실 수 있지 않겠습니까?"

"흠."

"자고로 입구가 있으면 출구가 있으며 시작이 있으면 끝도 있는 법입니다. 주군께 예지력이 있으시다는 것은 방비력도 있다는 뜻입니다."

화운룡은 장하문의 말에 공감했다. 그리고 그 방비를 찾아내는 것은 오롯이 화운룡의 몫이다.

화운룡은 당한지를 앞에 앉혀놓고 이미 한 시진 동안 별별 방법을 다 동원해 보았지만 그녀를 죽음에서 건져낼 방비책을 찾아내지 못했다.

아주 작은 소득이라면, 그의 손이 당한지의 피부에 닿으면 찌릿한 죽음의 느낌이 미약하나마 조금 더 강렬해지고 피부라도 심장에 가까이 갈수록 더 강렬하다는 사실이다.

그렇지만 그것은 당한지가 죽을 것이라는 예지력만 더 강하게 느낄 뿐이지 방비책이 아니다.

화운룡은 방비책을 찾아내는 과정에서 당한지에게 그녀가 머지않아서 죽을 것이라는 예지에 대해서 솔직하게 말해주었다.

예상하고 있었던 그녀지만 화운룡에게서 직접 그 얘기를 듣고는 당장 죽기라도 하는 것처럼 공포에 질려서 한참이나 울어댔다.

"주군께서 저한테 피부 접촉을 하시면 더 잘 느끼시는 거죠?"

지금까지 과정을 줄곧 보고 느꼈던 당한지가 하도 울어서 푸석푸석한 얼굴로 물었다.

"그래."

"그럼 우리 두 사람이 서로 꼭 안아보는 것은 어떨까요?"

평소 같으면 입에 담지도 못할 말이지만 죽음 앞에 직면한 당한지는 부끄러워하지도 않고 솔구이발(率口而發) 입에서 나오는 대로 거침없이 말했다.

하기야 그녀가 화운룡에게 부끄러운 것이 무에 있겠는가. 더구나 죽음을 목전에 둔 상황이다.

화운룡도 그 생각을 했지만 그렇게 하면 그녀가 죽을 것이라는 예지만 더욱 강하게 느낄 것이라고 짐작했다. 피부를 댔을 때 그랬기 때문이다.

"그렇게 하면 죽음에 대한 예지만 강해질 뿐이다."

"그럼 어떻게 해요……?"

겨우 울음을 멈췄던 당한지가 또 눈물을 글썽거렸다.

"소녀는… 죽기 싫어요… 무서워요……."

갑자기 죽음을 당하는 것이 아니라 이제 곧 죽을 것이라는 사실을 미리 알고 있다는 것이 얼마나 공포스러운지 직접 겪어보지 않고는 모를 터이다. 정말이지 고문도 그런 고문이 없을 것이다.

그녀는 또다시 바들바들 떨기 시작하며 일어나서 화운룡을 마주 보는 자세로 앉아 그의 품에 안기고는 두 팔로 그의 등을 꼭 안았다.

"저 좀 살려주세요… 주군……."

"너는 죽지 않는다. 내가 반드시 살리마."

화운룡은 그녀의 머리를 부드럽게 쓰다듬으면서 위로하며

생각에 골몰했다.

'예지능력은 지아가 아닌 내게 있는 것이다.'

미래에서 과거로 온 것도 화운룡 자신이고 당한지가 죽을 것이라고 예지한 것도 화운룡이다.

그러므로 당한지가 아닌 그가 주체가 되어 방비책을 찾아내야 할 것이다.

그러다가 문득 한 가지 생각을 떠올렸다.

'지아가 언제, 누구에게, 어떻게 죽게 되는지에 대해서 알아내야 한다.'

방비책이 따로 있는 것이 아니라 누구에게 어떤 식으로 죽게 되는지를 알아내면 당한지의 죽음을 사전에 막거나 피할수 있을 것이라는 생각이 들었다.

그것을 알아내려면 당한지의 죽음에 대한 예지에 더욱 가깝고도 깊게 들어가야 할 것이다.

화운룡은 눈을 감고 당한지의 심장이 전해주려고 하는 죽음의 예지를 최대한 깊고도 많이 느끼려고 애썼다.

그런데 그때 무언가 보이는 것 같았다. 아니, 머릿속에 흐릿한 것이 그려졌다.

그건 당한지가 아니라 전혀 다른 사람의 모습이었다. 하지만 그 사람이 누군지 전체적인 윤곽만 흐릿할 뿐이지 또렷하게 보이지 않아서 답답했다.

화운룡은 안타까운 마음에 당한지를 더욱 힘주어 안았다.

"아아……."

숨이 막히는지 당한지가 신음 소리를 흘렸다.

그 사람의 윤곽이 조금 더 선명해졌지만 여전히 누군지 알 수가 없다.

'조금만 더…….'

당한지는 화운룡의 안타깝고도 절절한 표정을 보고 자신이 그를 도울 수 없다는 사실이 더 안타까웠다.

그러다가 그녀는 돌발적으로 자신의 입술로 화운룡의 입술을 덮었다.

"……!"

그녀는 두 사람이 더 깊이 서로에게 들어갈 수 있는 방법이라면 깊은 입맞춤이 유일하다고 생각했다.

어디에서 그런 용기가 솟았는지 당한지는 두 팔로 화운룡의 목을 끌어안고 입을 맞추었다.

그것은 생존을 향한 발버둥이었다.

화운룡은 움찔 놀랐으나 이것 또한 방법 중에 하나라는 생각에 거부하지 않았다.

밤 술시가 조금 넘은 시각, 신하진 포구의 대로변에 위치한 어느 주루 뒤쪽 안채의 대문이 열리고, 흑영 하나가 민첩하게 골목으로 나왔다.

흑영은 어깨에 사람을 메고 있으며 밖으로 나오자마자 골목 입구를 향해 달려갔다.

골목 입구에는 마차 한 대가 미리 문을 열어놓은 채 대기하고 있는데, 흑영은 어깨에 메고 있는 사람을 마차 안에 집어던지고는 문을 닫았다.

덜그럭……

문이 닫히자마자 마차가 출발하고 흑영은 골목 입구에 우뚝 서서 마차가 육중하게 거리의 인파 속에 파묻히는 것을 지켜보았다.

시각이 술시지만 신하진 포구 거리는 분주하게 오가는 마차, 수레, 사람들로 몹시 북적거렸다.

슥—

흑영은 마차가 시야에서 완전히 사라지고 나서야 몸을 돌려, 조금 전에 자신이 나온 주루 안채로 통하는 문 안으로 다시 들어가 문을 닫았다.

탁……

第五章

배신의 밤

"절대로 놓쳐서는 안 되오."

인파 속에서 마차를 뒤쫓아 걸으며 장하문이 나란히 걷고 있는 죽장몽개 공천에게 당부했다.

공천은 걸음을 빨리하며 중얼거렸다.

"염려 놓으시오. 내 별명이 점충교(粘蟲膠: 끈끈이)요."

오 장쯤 앞서가고 있는 마차는 그 앞쪽의 수레와 사람들 때문에 속도를 내지 못하고 있다.

"부탁하오."

장하문은 공천의 어깨를 가볍게 툭 치고는 방향을 바꿔 길

가로 빠져나왔다.

공천 뒤 칠팔 장 거리를 두고 십룡위의 벽상과 전중, 감중기, 조연무가 따르고 있다가 오른쪽의 벽상이 길가로 물러난 장하문을 보며 전음을 보냈다.

[지아는 염려하지 말아요.]

조금 전에 흑영에게 제압되어 마차에 태워진 사람은 다름 아닌 당한지다.

화운룡은 당한지가 그녀를 필요로 하는 인물에게 당도하기 전까지는 무사할 것이라고 추측했다.

흑영이 당한지를 죽일 생각이었으면 구태여 이런 식으로 번거롭게 납치하지 않았을 것이다.

장하문은 벽상에게 고개를 끄떡이고는 몸을 돌려 조금 전에 당한지를 납치한 흑영이 들어간 주루 안채의 문 위를 야조처럼 사뿐히 넘었다.

딩한지를 납치한 흑영은 마당에서 주루가 아닌 안채로 자신의 집인 양 익숙하게 들어갔다.

그는 이십 대 초반의 강인해 보이는 청년이며 자세히 보면 흑의가 아닌 홍의 경장을 입고 있었다.

또한 어깨에 검을 메고 있으며 왼쪽 가슴에 두 자루의 검이 서로 엇갈리는 모양이 수놓아져 있었다.

신하진 포구 사람이라면 왼쪽 가슴에 그런 모양을 보고 그가 사해검문의 검수이며, 두 자루 검이 엇갈려 있는 것으로 향주의 지위라는 사실을 즉시 알아볼 것이다.

사실 그는 당한지 당검비 남매와 같은 사부 아래에서 십여 년 동안 동문수학을 한 친구들 중에 한 명이고, 이름은 추계랑(秋桂浪)이라고 하며 사해검문 예검당(銳劍堂) 휘하 향주의 지위에 있었다.

그는 이곳 주루의 딸이며 같이 동문수학한 친구 선한매를 따라서 온 두 명의 친구 중 한 명이다.

선한매와 친구, 그리고 추계랑은 이 주루에 당검비 남매를 만나러 왔다.

탁!

안채에 들어와서 문을 닫고 복도를 걸어가던 그는 갑자기 멈칫 걸음을 멈추고 황급히 주위를 둘러보았다.

조금 전까지만 해도 이곳 복도 바닥에는 선한매의 여동생 선한란(善寒蘭)이 그에게 혈도가 제압되어 쓰러져 있었는데 지금은 감쪽같이 사라지고 없다.

선한매 선한란 자매의 부모는 주루에서 일하고 있기 때문에 안채에서 벌어진 일을 까맣게 모르고 있었다.

아까 추계랑은 친구 염표(廉飄), 선한매와 함께 이곳에 왔다가 방심한 채 웃으면서 대화하고 있는 염표와 선한매를 급습해서 상처를 입힌 후 제압하고는, 차를 갖고 복도로 오는 선한란의 혈도를 제압해서 쓰러뜨렸다.

그러고는 조금 늦게 도착한 당한지를 급습하여 제압해서 둘러메고 마차에 태워서 보내고 오니까, 복도에 쓰러져 있어야 할 선한란의 모습이 감쪽같이 사라져 버린 것이다.

추계랑이 밖에 나갔다가 돌아온 시간은 길어야 팔분각(八分刻: 일각의 팔분지 일) 정도에 불과했다.

바닥에는 조금 전 선한란이 들고 있던 찻잔 등이 떨어져서 어지럽게 널려 있는데 그녀만 보이지 않으니 정말 귀신이 곡할 노릇이다.

"이게 어떻게 된 거지?"

그는 당황해서 부리나케 복도를 달려가 조금 전 선한매와 염표를 급습했던 방으로 들이닥쳤다.

"이… 이게……."

그런데 그 방에 피를 흘리면서 쓰러져 있어야 할 선한매와 염표 모습도 역시 보이지 않았다.

"어떻게 된 거야?"

추계랑은 크게 당황하여 허둥거렸다. 그는 분명히 검으로 선한매의 복부를 찌르고 염표의 가슴을 벤 후에 비틀거리는 그들의 마혈과 아혈을 제압했다.

그런데 바닥에 핏자국만 홍건하고 그들의 모습이 보이지 않으니 미쳐 버릴 지경이다.

그때 문으로 한 사람이 천천히 걸어 들어오는 걸 발견한 추계랑은 상대가 누구라는 것을 확인하지도 않고 벼락같이 검을 뽑으며 공격을 가했다.

차앙!

그러나 들어선 사람이 당검비라는 것을 뒤늦게 발견한 그는 멈칫하며 크게 놀랐다.

"거, 검비!"

당검비는 냉엄한 표정으로 계속 걸어서 추계랑 세 걸음 앞에 멈추었다.

"개만도 못한 놈. 친구들을 찌르고 지아를 제압하여 팔아먹은 놈이 더러운 입으로 내 이름을 부르는 것이냐?"

당검비가 다 알고 있다는 사실에 추계랑의 얼굴이 참담하게 일그러졌다.

"검비, 나는……."

"꿇어라!"

극도로 분노한 당검비는 으르렁거리듯이 명령했다.

사실 이곳 주루의 안채에는 장하문이 파놓은 함정이 은밀하게 만들어져 있었다.

옆방과 이 층, 주방, 창문 밖에는 장하문과 보진, 십룡위의 당검비 등이 숨소리도 내지 않은 채 숨어서 추계랑의 일거수

일투족을 지켜보고 있었다.

추계랑이 선한매와 염표를 급습한 것은 순식간에 벌어졌기 때문에 장하문 등이 손쓸 겨를이 없었다.

이 시점에서 장하문은 대기하고 있는 당한지를 들여보내야 하는지 말아야 할지 결정을 내려야만 했다. 만약 추계랑이 당한지를 급습하면 그녀가 죽거나 다칠 수 있기 때문이다.

물론 일대일로 싸우면 무조건 당한지가 이기겠지만 지금은 추계랑의 배후를 캐내야 하는 상황이라서 그를 죽이는 것은 아까운 기회를 잃는 것이다.

그런데 그때, 추계랑이 쓰러져 있는 선한매와 염표를 죽이지 않고 혈도를 제압했다.

그걸 보고 장하문은 추계랑이 친구들을 배신했지만 죽이지는 않는다는 사실을 알고 당한지를 들여보냈다.

그러면서 그녀에게 추계랑이 공격을 하면 어쩔 수 없이 반격을 하되, 그러지 않고 혈도를 제압하려고 들면 그냥 당하라고 지시했다.

다행히 추계랑은 문 옆에 숨어 있다가 안으로 들어오는 당한지의 혈도를 재빨리 제압했던 것이다.

화운룡은 상체를 벌거벗은 상태에서 당한지를 끌어안고 깊은 입맞춤을 하여 예지력을 극한으로 끌어 올려, 결국 누가 그녀를 죽이는지 알아내고 말았다.

그가 예지력으로 본 자의 생김새를 말하자 당한지는 즉시 추계랑이라고 외쳤다.

예지로 봤을 때 당한지가 죽는 장소는 선한매의 집이 아니었다. 그래서 화운룡은 당한지가 납치될 것이라고 예상하여 이런 함정을 파게 되었다.

당한지의 목숨을 건 도박이지만 그녀가 자신이 살아나는 것으로는 억울해서 성이 차지 않는다며 추계랑의 배후를 캐자고 적극 주장했다.

가증스러운 추계랑은 이런 상황이 됐으면서도 교활하게 머리를 굴렸다.

"검비, 조금 전에 내가 여기에 들어오니까 한매하고 표가 피를 흘리면서 쓰러져 있었고 흉수가 도망치기에 내가 흉수를 추격해서……."

"내 눈으로 다 봤다."

"무… 엇을……."

딩검비 눈에서 불길이 뿜어졌다.

"네놈이 한매와 표 형을 찌르고 베는 것을 말이다. 그리고 지아를 제압해서 밖에 나가 마차에 실었지 않느냐?"

"……."

아무리 교활한 추계랑이라고 해도 이쯤 되면 꿀 먹은 벙어리가 될 수밖에 없었다.

추계량은 지그시 이를 악물더니 갑자기 득의한 미소를 흘리며 중얼거렸다.

"흐흐흐… 검비, 너는 나한테 너무 가깝게 다가왔다는 생각이 들지 않느냐?"

말이 끝나기도 전에 추계량은 손에 쥐고 있는 검을 벼락같이 앞으로 뻗어 당검비의 목과 가슴 옆구리 세 군데를 찔러가며 외쳤다.

"쓰러져랏!"

당검비가 세 걸음 거리에 서 있으므로 추계량으로서는 초식이고 뭐고 필요 없이 그저 검만 뻗으면서 앞으로 한 걸음만 내디디면 되는 일이다.

검이 자신의 상체를 향해서 곧장 찔러오자 당검비는 순간적으로 살심이 크게 일었으나 어금니를 악물고 재빨리 오른손을 앞으로 뻗으며 무영장을 뿜어냈다.

후웅!

빽!

"흐악!"

추계량은 검이 당검비의 가슴을 찌르려는 찰나 무영장에 가슴을 적중당하고 찢어지는 비명을 터뜨리며 뒤로 가랑잎처럼 날아갔다.

퍽… 쿵!

"윽……!"

추계랑은 방을 가로질러 반대편 벽에 부딪쳤다가 바닥에 떨어졌는데 일어나지 못하고 입에서 쿨럭쿨럭 핏덩이를 쏟으면서 온몸을 부들부들 떨었다.

그는 튀어나올 것처럼 충혈된 눈으로 당검비를 쳐다보면서 중얼거렸다.

"너… 어떻게 장력을……."

서너 달 전까지만 해도 당검비와 추계랑은 고만고만 비슷한 무공 수준이었다.

그런데 당검비가 공력이 일 갑자 이상이어야지만 겨우 흉내 정도 낼 수 있는 장력을, 그것도 능숙하게 발출하자 추계랑은 믿을 수 없다는 표정을 지었다.

만약 구십 년 공력의 당검비가 전력으로 무영장을 발출했다면 추계랑은 즉사하고 말았을 것이다.

당검비는 걸어와서 추계랑 앞에 멈추고 이글거리는 눈빛으로 그를 굽어보았다.

"왜 배신자가 되었느냐?"

당검비는 그것이 너무도 안타까웠다. 이들 다섯 명의 우정과 신의는 사해검문에서도 사해오영(四海五英)이라고 불리면서 사람들의 부러움을 살 정도였다.

추계랑은 쓰러진 채 쿨럭거리며 피를 토했다.

"흐으으… 은자 만 냥은 적은 돈이 아니었다……."

당검비의 미간이 찌푸려졌다.

"은자 만 냥? 겨우 그것 때문에 배신자가 됐다는 말이냐?"

"아가리 닥쳐라……."

추계랑은 오히려 피를 토하며 으르렁거렸다.

"당검비 너 피죽이란 거 먹어봤느냐……?"

당검비는 이맛살을 찌푸렸다.

"무슨 헛소리냐?"

"논에 벼와 함께 자라는 잡초를 피라고 한다……. 그걸 뽑아서 죽을 끓인 걸 피죽이라고 하는데… 나는… 아니… 우리 가족은 밥보다 피죽을 더 많이 먹었다……."

쌀을 살 돈이 없어서 잡초인 피를 뽑아 그것으로 죽을 쒀먹었다는 얘기인데, 허기진 적 없이 부유하게 자란 당검비로선 그게 무슨 얘긴지 알 도리가 없었다.

그래서 그는 추계랑이 장력 한 대를 맞더니 정신이 오락가락하여 어렸을 때 피죽이라는 별식을 먹고 자란 것을 자랑하고 있는 것이라 여겼다.

"크크큭… 너처럼 피둥피둥 잘 먹고 자란 놈들은 가난뱅이들이 쌀 살 돈이 없어서 들판에서 잡초를 캐다가 죽을 쒀먹는다는 얘기 같은 건 들어본 적이 없겠지."

추계랑은 부유하게 자란 당검비를 비웃었다. 지금 그가 할 것은 비웃음밖에 없다.

당검비가 뜨악한 표정을 짓는 걸 보면서 추계랑이 이죽거리듯이 말을 이었다.

"나는 찢어지게 가난한 내 가족을 위해서 돈이 필요했다. 나도 너처럼 잘살아보고 싶었다는 말이다. 죄라면 그게 죄다. 죽기 전에 한번 잘살아보고 싶었던 것이……."

당검비는 할 말을 잃었다.

"그래. 나는 은자 만 냥에 너희들을 배신했다. 그런데 그거 아느냐? 은자 만 냥을 부모님께 갖다드렸더니 그분들이 돈을 끌어안고 펑펑 울었다는 사실을 말이다. 크큭… 우리 부모님은 삼생을 살아도 그런 큰돈을 만져보지 못할 것이다……."

추계랑은 질끈 눈을 감았다.

"나는 부모님을 기쁘게 해드렸으니 이제 죽어도 여한이 없다. 죽이든 살리든 이제 검비 네 맘대로 해라."

당검비는 착잡한 표정으로 추계랑을 굽어보았다. 그의 뇌리에 추계랑과 함께 동문수학했던 즐거운 시간들이 주마등처럼 스쳐 지나갔다.

"자고로 개소리에는……."

그때 당검비 뒤에서 중얼거림이 들렸다.

장하문이 당검비 옆을 지나치며 말하면서 발끝으로 추계랑의 옆구리를 내질렀다.

"매가 약이지."

픽!

"끅!"

추계랑은 입에서 꾸역꾸역 피를 토하면서 몸을 부르르 떨더니 혼절했다.

"군사님."

당검비가 놀라는 표정을 짓자 장하문은 손을 그의 어깨에 얹으며 빙그레 웃었다.

"가난하게 산 사람들이 다들 이놈 같으면 세상은 암흑천지가 되고 말 거야."

당검비는 씁쓸한 표정을 지었다.

"저는 가난이 무언지 모르고 자랐습니다. 그것이 사람을 이렇게 타락시킨다는 것도요."

"가난했다고 다 타락하는 건 아냐."

장하문은 허리를 굽혀 추계랑의 혈도를 제압하며 중얼거렸다.

"참고로 말하자면 내 어린 시절은 이놈보다 열 배는 더 가난했다."

"……"

*　　　　*　　　　*

선한매 자매와 염표는 홍로상전의 장원으로 옮겨져서 화운룡의 치료를 받았다.

선한란은 혈도만 제압됐기 때문에 해혈을 해주자 두려움으로 침상에 누워서 꼼짝도 하지 않았다.

그녀는 눈동자를 이리저리 굴리다가 침상 옆에 서서 자신을 굽어보고 있는 당검비를 발견하고 발딱 일어나 앉았다.

"비 오라버니!"

"란아."

올해 십팔 세의 선한란은 괄괄한 언니와 달리 순수하고 여린 데다 미모가 출중해서 당검비와 추계랑이 좋아했다.

추계랑이 선한매와 염표에겐 칼질을 하면서도 선한란은 혈도를 제압한 것만 봐도, 그가 그녀를 얼마나 좋아하는지 짐작할 수가 있었다.

"랑 오라버니가 저를……."

"계랑은 붙잡혔다."

"랑 오라버니가 무슨 짓을 한 건가요? 왜 그랬죠?"

당검비는 착잡하게 대답했다.

"계랑이 한매와 표를 찔러서 크게 다쳤다."

선한란은 크게 놀라서 급히 물었다.

"언니는 어떤가요? 설마 죽지는 않았겠죠?"

당검비는 선한란의 머리를 쓰다듬었다.

"지금 치료를 하고 있는데 괜찮을 거야."

"으흐흑! 무서워요……!"

선한란은 당검비를 와락 끌어안으면서 울음을 터뜨렸다.

당한지를 미행한 공천 등의 소식을 기다리는 동안 화운룡은 실내에서 선한매와 염표를 치료했다.

어딘가에 갈 때 화운룡은 항상 자신이 조제한 약들을 갖고 다니기 때문에 선한매와 염표는 운이 좋았다.

선한매와 염표는 치료가 끝날 때까지 정신을 잃지 않고 이를 악문 채 버텼다.

선한매는 아랫배를 검에 깊숙이 찔려서 내장이 밖으로 삐져나올 정도였고, 염표는 어깨에서 옆구리까지 길게 가슴을 베었는데 뼈가 절반 이상 잘렸을 정도로 중상이었다.

그 정도 중상이면 두 사람 다 장기와 내장을 심하게 다치고 피를 많이 흘려서 죽을 확률이 절반 이상이다.

설혹 운이 좋아서 살아난다고 해도 무공을 잃거나 불구, 폐인이 될 가능성이 높았다.

그게 무림의 상식이고 최소한 선한매와 염표는 추계랑에게 급습을 당하고 혈도가 제압되어 쓰러졌을 때 그렇게 생각하고 있었다.

즉, 자신들이 죽거나 폐인이 될 거라고 예상했으며, 어쩌면 그보다 더 일찍 추계랑에게 죽음을 당할지도 모른다는 절망감에 빠졌다.

그러나 추계랑은 곧이어 들어선 당한지를 급습해서 혈도를 제압하고는 그녀를 들쳐 메고 밖으로 나갔다.

그리고 그사이에 선한매와 염표는 친구인 당검비와 그의 동료들에 의해서 구출되었던 것이다.

화운룡이 두 사람을 치료하는 동안 도도가 옆에서 열심히 시중을 들었다.

선한매와 염표는 극심한 고통 때문에 얼굴을 찡그렸지만 신음 소리는 내지 않았으며 눈을 뜨고 화운룡이 치료하는 것을 끝까지 지켜보았다.

처음에 당검비가 화운룡을 자신의 주군이라고 소개하지 않았다면 염표는 몰라도 선한매는 죽으면 죽었지 치료를 받지 않았을 것이다.

왜냐하면 선한매의 경우 복부, 그것도 아랫배를 반 뼘 길이 세로로 깊이 찔려 버린 탓에 치료를 하려면 옷을 벗어야만 하기 때문이었다.

선한매가 아무리 활달하고 사내 같은 성격이라고 해도 본질은 여자가 아닌가.

어차피 치료를 받는다고 해도 결국에는 죽거나 폐인이 될 거라면 치료 따윈 받지 않겠다는 것이 그녀의 생각이었다.

그런 그녀에게 당검비는 자신의 주군은 정인군자이며 의술이 화타에 버금갈 정도니까 반드시 그녀를 멀쩡하게 살릴 수 있을 것이라고 설득을 했던 것이다.

결국 선한매는 당검비의 설득에 넘어갔다. 그런데 당검비는 한 가지 그녀에게 말하지 않은 것이 있었다. 그의 주군이 천하에 짝을 찾아보기 어려울 정도로 준수한 미남이라는 사실을 말이다.

그래서 치료를 받는 동안 선한매는 자주 화운룡의 얼굴을 쳐다보았고 그것이 고통을 참는 데 어느 정도 도움이 되었다.

잘생긴 사내는 그저 얼굴이 반반할 뿐이고 속 빈 강정이라는 것이 평소 선한매의 지론이었는데 이런 상황에서 그녀의 지론이 뒤집힐 줄은 몰랐다.

화운룡은 치료를 끝내고 도도가 내민 물수건에 손을 닦으면서 돌아섰다.

"음… 고맙습니다."

선한매는 쿡쿡 쑤시는 고통을 참으면서 화운룡의 등에 대고 고마움을 표하는 것을 잊지 않았다.

화운룡은 뒤돌아보고 빙그레 미소 지었다.

"너는 급소를 찔리지 않는 방법을 배워야겠다."

"……."

선한매는 한 대 얻어맞은 멍한 표정을 지었다. 아무리 당검비와 당한지의 주군이라지만 초면에 대뜸 하대를 하는 것도 그렇고, 뭐, 급소를 찔리지 않는 방법을 배워? 세상에 그런 방법이 어디에 있다는 말인가. 정말로 그런 게 있다면 만사 제쳐 놓고 배우려고 달려들 일이다.

그때 문이 열리고 당검비와 선한란이 들어섰다. 그러자 도도가 급히 선한매의 몸에 이불을 덮었다.

당검비가 공손히 화운룡에게 허리를 굽혔다.

"주군, 수고하셨습니다."

말은 그렇게 했지만 당검비로서는 화운룡에게 느끼는 미안함과 감사함이 이루 설명할 수 없을 정도다.

평소에 당검비 남매는 화운룡에게 측량하기 어려운 무한한 은혜를 입었으며 자신들이 죽을 날까지 그것을 갚지 못할 것이라고 늘 생각했다.

그런데 그 은혜를 갚기는커녕 날이 갈수록 지금처럼 은혜가 자꾸만 더 쌓여가기만 하고 있으니, 당검비로서는 입이 열 개라도 뭐라고 할 말이 없었다.

화운룡은 고개를 끄떡였다.

"열흘 정도 치료하면 나을 게다."

"무공을 하는 데는 지장이 없겠습니까?"

"지장이 왜 없겠느냐?"

화운룡의 무심한 듯한 말에 당검비는 물론 선한매와 염표의 얼굴에 짙은 먹구름이 드리워졌다.

아까 당검비는 선한매에게 치료를 하면 사는 것은 물론이고 폐인이 되지 않을 것이라고 설득을 했었는데 그의 말이 허언이 되려는 순간이다.

화운룡은 손을 들어 보이고 밖으로 나가면서 말했다.

"당장은 무리니까 최소한 보름 후에나 무공을 사용할 수 있을 것이다."

당검비의 얼굴이 환해졌다.

"그렇습니까?"

화운룡이 짐짓 근엄한 표정을 지었다.

"내 말을 못 믿는 것이냐?"

"아, 아닙니다……!"

당검비는 절대로 화운룡을 자신과 동갑내기라고 생각하지 않는다. 아니, 그렇게 생각할 수가 없었다.

탁!

당검비는 닫힌 문을 향해 공손히 허리를 굽혔다.

"감사합니다, 주군."

이제 와서 돌이켜 생각해 보면 당검비가 화운룡의 수하, 그것도 측근이 된 것은 하늘이 내려준 최고의 기회였다.

처음에 당검비가 화운룡을 만난 것은 그에게 해남비룡문을 내놓으라고 협박할 때였다.

날강도도 그런 날강도가 없었다. 지금 생각해 보면 너무도 부끄러워서 얼굴이 화끈거릴 지경이다.

하늘 같은 주군이며 사부님이나 다름이 없는 화운룡에게 해남비룡문을 털도 안 뽑고 통째로 먹으려고 당장 내놓으라 으름장을 놓았었다니 스스로 생각해도 기가 막혀서 말이 나오지 않았다.

선한란이 선한매를 발견하고 비명을 지르며 달려갔다.

"언니!"

당검비가 급히 외쳤다.

"언니를 만지지 마라."

선한매는 이불을 끌어서 목까지 덮으며 얼굴을 잔뜩 찌푸리고 물었다.

"검비, 보름 후에는 무공을 사용할 수 있다는 그의 말이 사실이야?"

당검비는 염표가 누워 있는 침상으로 걸어가면서 고개를 힘껏 끄떡였다.

"주군께서 그렇게 말씀하시는 걸 들었잖아."

"그가 말하면 다 이루어진다는 거야, 뭐야?"

"정확하다, 한매."

선한매는 어이없는 표정을 지었다.

"검비는 그를 신처럼 생각하고 있군."

당검비는 크게 고개를 끄떡였다.

"그것도 정확하다."

염표와 선한매 치료를 마치고 나온 화운룡은 몸이 노곤하고 여기저기 뻐근했다. 이럴 때는 영락없는 노인네 같았다.

그가 침상에 눕자 도도가 찰싹 옆에 붙어서 팔과 다리를 두드리고 주물렀다.

"시원하세요?"

"오냐."

도도는 그가 영감처럼 말하자 재미있다면서 목젖이 보이도록 깔깔거렸다.

"뒤돌아 누우세요."

그가 엎드리자 도도는 부지런히 어깨와 뒷목을 주무르고 두드렸다.

"음… 시원하구나."

칭찬을 받은 도도는 신바람이 나서 아예 그의 등에 올라서서 작은 발로 콩콩 뛰었다.

한옆에 서 있는 보진은 그 광경을 물끄러미 응시하면서 자신도 하루빨리 안마를 배워야겠다고 다짐했다.

안마를 배우기만 하면 도도는 주군 옆에 얼씬도 못 하게 하고 자신이 하루 종일 그에게 안마를 해주리라 다짐했다.

하루 종일 불경을 외우거나 무공 수련만 파고들었던 그녀가 어쩌다가 이 지경이 되었는지 모를 일이다. 더 중요한 것은 자신이 이렇게나 속세에 물들고 있다는 사실을 보진 스스로 까맣게 모르고 있다는 점이었다.

"주군!"

장하문이 들이닥치자 화운룡은 안마를 받던 중에 벌떡 일어나 앉았다.

"연락 왔나?"

"왔습니다."

화운룡은 침상에서 내려와 문으로 향했다.

"가자."

당한지가 탄 마차를 공천 일행이 미행한 지 한 시진 반 만에 연락이 온 것이다.

마당으로 나서자 이제나저제나 하면서 대기하고 있던 도담대가 즉시 다가왔다.

"잠시 후에 당 문주가 보낸 사람이 올 텐데 어딜 가십니까?"

장하문이 대답했다.

"그 사람이 오면 기다리라고 해라."

그러고 나서 도담대의 어깨를 잡았다.

"그건 다른 사람에게 시키고, 우리가 어딜 가야 하는데 너는 길 안내를 해줘야겠다."

"너는 상방문(上坊門)에 있는 회안장(淮安莊)이라는 곳을 알고 있느냐?"

장하문이 공천이 전서구로 보낸 서찰의 장소를 묻자 도담대가 문제없다는 듯이 말했다.

"거긴 배로 가는 편이 더 빠릅니다."

"얼마나 걸리느냐?"

"뛰어서 가면 한 시진 반, 걸어가면 세 시진, 배로 가면 한 시진이면 갑니다."

"어째서 배가 빠른 것이냐?"

"거기까지는 강과 호수가 많아서 육로는 매우 멀리 돌아서 가야 합니다. 하지만 배는 직선으로 가지요."

공천이 한 시진 반이나 지나서 전서구를 보낸 것을 보면 당한지를 태운 마차는 줄곧 육로로 갔다는 뜻이다.

도담대가 덧붙였다.

"때마침 북서풍이 불고 있으니까 일각 정도 더 빨리 갈 수도 있을 겁니다."

도담대 말대로 화운룡 일행을 태운 배는 예정보다 일각을 앞당겨서 상방문에 도착했다.

당한지가 납치된 때부터 두 시진이 조금 지난 시점이다.

배가 진하(秦河)라는 이름의 강 왼쪽 가장자리를 따라서 느리게 거슬러 오르는데 당검비가 입술을 오므려서 독특한 소리를 냈다.

꾸르르…….

십룡위끼리 미리 약속한 신호다.

소쩍새 울음소리 같은 그 소리는 주로 밤에 자주 들리기 때문에 아무도 의심하지 않을 터이다. 소쩍새 울음소리는 나직하게 꽤 멀리 퍼져 나갔으며 선상의 사람들은 강 언덕 위를 예리하게 주시했다.

그때 강 언덕 위에 검은 그림자 하나가 나타나더니 배를 향해 나는 듯이 달려 내려왔다.

"여깁니다."

검은 그림자는 조연무이며 화운룡에게 예를 취하고 나서 낮게 말했다.

*　　　*　　　*

도담대가 즉시 배를 강가에 대는 중에 화운룡 일행이 신형을 날려 땅에 내려섰다.

조연무가 공손히 위쪽을 가리켰다.

"상류 쪽으로 이백 장 거리에 회안장이 있습니다."

"지아는 어떠냐?"

"무사합니다."

조연무의 대답에 그동안 초조함을 감추지 못했던 당검비의 얼굴이 비로소 펴졌다.

"놈들이 지매를 어느 방에 가두었는데 누군가를 기다리고 있는 것 같습니다. 그래서 개방 장로께서 회안장에 잠입하셔서 지매의 혈도를 풀어주셨습니다."

근처에 동료들이 있다고 해도 혈도가 제압되어 있는 상태에서는 아무래도 당한지가 불안했을 것이다.

공천이 혈도를 풀어줬으니까 그녀는 제압된 척하고 가만히 있으면 된다. 그러다가 위급 상황에 처하면 거기에 대처하면 될 것이다.

여전히 움직이지 못하는 상황이더라도 혈도가 제압된 상태와 그렇지 않은 것은 심리적으로 큰 차이가 있다.

"개방 장로께서 지매 지척에 잠입해 계시고 저희들은 지매가 있는 전각 곳곳에 은신해 있는 중입니다."

장하문이 물었다.

"경계는 어떠냐?"

"장원 내 전각에 다섯 명이 있기는 한데 경계를 서는 자는 한 명도 없습니다."

화운룡은 언덕 위로 올라갔다.

"가자."

조연무가 재빨리 앞섰다.

"이쪽입니다."

조연무가 앞서고 그 뒤를 당검비와 백진정이 바짝 따르고 있으며, 화운룡 좌우에는 장하문과 보진이, 그리고 도도, 화지연, 숙빈이 후미에서 달리고 있었다.

다들 똑같은 경공을 전개하고 있으며 그것은 화운룡이 창안한 쾌풍운(快風雲)이었다.

무림에서 최고의 경공이라는 것들의 장점만을 발췌하여 창안한 쾌풍운은 소림사 최고의 경공이라는 불영선하제(佛影仙霞梯)나 무당파 최고 경신법인 암향표(暗香飄)보다 한 수 위의 빠르기를 자랑한다. 그러면서도 공력 소모가 매우 적어서 장거리를 달려도 지치지 않는다.

뿐만 아니라 화운룡은 쾌풍운을 보법으로 변환하여 운룡보(雲龍步)를 창안했다. 쾌풍운과 운룡보는 십룡이위만이 아니라 비룡은월문 사람이면 누구라도 배울 수 있다.

십룡이위는 쾌풍운을 열흘 정도 연마하여 비록 일 성에도 못 미치는 정도를 연성했으나 말이 달리는 속도로 바람을 가르며 달렸다.

홍로상전의 장원에서 화운룡이 도도의 안마를 받고 있는 동안에 장하문이 추계랑을 심문했다.

돈 때문에 친구들을 배신한 추계랑에게 목숨을 걸고 지켜야 할 지조 같은 것은 없었다. 그는 장하문이 묻는 대로 술술 다 실토했다.

추계랑은 하반(下班: 퇴근) 후에 선한매의 주루에서 당검비, 당한지 남매와 만나기로 한 사실을 자신이 속한 예검당 당주에게 보고했다.

그러자 예검당주는 추계랑에게 수단 방법을 가리지 말고 당한지를 납치하라고 명령했다.

추계랑은 납치한 당한지를 마차에 넘겨주는 것으로 자신의 역할을 다했다.

그다음에는 당한지가 어디로 가서 어떻게 될 것인지 짐작조차 하지 못했다.

친구들이 걱정되기는 하지만 그런 걸 일일이 생각하다 보면 큰돈을 만질 수가 없다.

잠시 후 화운룡 일행은 회안장 뒤쪽 울창한 숲 가장자리의 담장 아래에 이르렀다.

그곳에는 전중이 기다리고 있다가 화운룡을 보자 급히 예를 취했다.

"그냥 들어가시면 됩니다."

"그 정도냐?"

전중은 머쓱하게 웃었다.

"경계랄 게 아예 없습니다. 사해검문 예검당 휘하 검수 다섯 명이 있는데 자기들끼리 모여서 술 마시며 노닥거리고 있는 중입니다."

그의 말로는 심지어 당한지를 지키는 사람도 없다고 한다. 그러니까 혈도가 풀린 당한지는 혈도가 제압된 것처럼 뻣뻣하게 침상에 누워 있는 것이다.

뭔가 대단한 일이 벌어질지도 모른다고 기대했던 화운룡 일행은 맥이 빠졌다.

경계가 이 정도라면 누굴 기다리고 있는지는 모르지만 별시답지 않은 인물일 것이 뻔하다.

장하문이 화운룡을 쳐다보았다.

"어떻게 하시겠습니까?"

장하문 생각으로도 별것 아닌 것 같은데 당한지를 구해서 돌아갈 거냐, 아니면 기다렸다가 누가 오는지 확인할 것이냐를 물었다.

"술 마시는 놈들을 제압해라."

화운룡은 속전속결을 선택했다.

회안장은 뒤쪽에 작은 야산을 끼고 세 채의 전각이 있는 아주 작은 장원이다.

당검비와 백진정, 도도, 화지연, 숙빈 다섯 명이 사해검문 예검당 검수 다섯 명이 술 마시고 있다는 방으로 들이닥쳐서 순식간에 제압해 버렸다.

당검비를 비롯한 오룡위는 구태여 검을 뽑아 초식을 전개할 필요도 없었다.

방으로 들이닥쳐서 술 마시고 있는 다섯 명에게 득달같이 달려들어 며칠 전부터 연마하고 있는 격공금룡수와 지풍 항룡지를 발휘하여 모조리 혈도를 제압해 버렸다.

아직 미숙하여 혈도에 제대로 적중시키지 못해서 사해검문 다섯 명의 검수들이 죽는다고 비명을 지르며 버둥거리는 것을 다시 제대로 혈도를 눌러 제압했다.

화운룡이 보기에 십룡위의 격공금룡수와 항룡지는 형편없는 수준이지만 실전에서는 그런대로 쓸 만했다.

격공금룡수와 항룡지가 워낙 대단하기 때문에 흉내만 낼줄 알아도 위력이 굉장한 것이다.

앞으로 열심히 연마하면 십룡이위는 가일층 무위가 증진될 터이다.

화운룡은 당한지를 만나러 가고 장하문은 제압한 사해검문의 다섯 명을 신문하기 시작했다.

"여깁니다."

전중이 문을 열어주고는 밖에서 기다렸다.

화운룡은 방으로 들어가서 곧장 침상으로 걸어가고 보진은 중간에 걸음을 멈추었다.

침상에는 당한지가 뒷모습을 보인 채 벽을 향해 새우처럼 웅크리고 누워서 꼼짝도 하지 않았다.

그녀는 공천에 의해서 혈도가 풀렸지만 처음 침상에 던져진 자세 그대로 움직이지 않고 있는 중이다.

보통 사람들 눈에는 당한지가 움직이지 않고 있는 것처럼 보일 테지만 화운룡은 그녀의 몸이 긴장으로 단단하게 경직됐다는 것을 한눈에 간파했다.

화운룡이 침상에 가만히 걸터앉자 삐걱거리는 소리가 났고 당한지의 몸이 미세하게 움찔 떨렸다.

공천이 혈도를 풀어준 지 한 시진 반 만에 갑자기 누군가 들어와서 그녀의 뒤쪽 침상에 앉는 것 같으므로, 그녀로선 극도로 긴장할 것이다.

그러나 당한지를 굽어보는 화운룡은 새우처럼 웅크린 채 누워 있는 그녀가 안쓰럽기도 하고 귀엽기도 해서 저절로 입가에 미소가 머금어졌다.

화운룡은 당한지의 어깨에 가만히 손을 얹었다.

"지아."

순간 당한지의 아담한 몸이 화드득 떨렸다.

그녀는 급히 뒤돌아보더니 화운룡이 자상한 미소를 지으며 바라보고 있는 모습을 발견하고는 지금이 어떤 상황인지 알려고 듣지도 않은 채 그의 품으로 뛰어들었다.

"주군!"

화운룡은 그녀의 등을 부드럽게 쓰다듬었다.

"고생했구나."

"으흑흑……! 무서워서 죽는 줄 알았어요……."

당한지는 그의 가슴으로 깊이 파고들면서 어린아이처럼 흐느껴 울었다.

십팔 세 어린 나이에 생전 처음 겪는 납치극이 죽을 만큼 무서웠지만 화운룡을 보는 순간 그간의 무서움이 일시에 다 사라져 버렸다.

지금 이 상황은 화운룡이 당한지에게서 죽은 영혼을 발견했기 때문에 벌어진 일이다.

추계랑을 먼저 죽일 수도 있었지만 그놈이 무엇 때문에 당한지를 납치하는 것인지 알아내고 싶었다.

그리고 끝에 가서 당한지는 죽음을 당하는데 누가 그녀를 죽이는 것인지에 대해서는 화운룡의 예지력으로도 끝내 알아내지 못했다.

하지만 어쩌면 그것을 알아내는 것이 사해검문을 탈환하는데 도움이 될지도 모른다고 생각했기 때문에 이 일을 강행했던 것이다.

그것 때문에 당검비, 당한지 남매의 친구인 선한매와 염표가 중상을 입기까지 했다.

이제 생각해 보면 그렇게까지 할 필요가 있었는지 조금 후회가 되기도 했다.

울던 당한지는 뒤늦게야 지금 상황이 어떻게 됐는지 궁금해서 고개를 들고 눈물 젖은 얼굴로 그를 바라보았다.

"어떻게 됐어요?"

"곧 알게 될 게다."

당한지는 눈물이 그렁그렁한 눈을 깜빡거렸다.

"한매 언니와 표 오라버니가 많이 다친 것 같던데……."

그녀는 선한매의 주루 안채의 방으로 들어서다가 추계랑에게 혈도가 제압당해서 쓰러지는 도중에 방바닥에 피를 흘리며 쓰러져 있는 선한매와 염표를 얼핏 보았다.

"그 둘은 내가 치료했다. 잘 정양하면 나을 거다."

당한지는 눈물이 가득한 눈에 고마움과 정을 듬뿍 담고 그를 바라보았다.

"고마워요, 주군."

화운룡은 당한지를 침상 아래에 내려주었다.

"가자."

"저 침상에 누워 있지 않아도 되나요?"

"누워 있어야 할지 어떨지 알아보러 가자."

당한지는 방에서 나와 화운룡과 나란히 복도를 걸어가는데 뒤따르고 있는 보진의 눈에는 두 사람이 무척이나 다정하게 보였다.

물론 보진은 화운룡이 예지력을 발휘하는 과정에 당한지하고 무슨 일이 있었는지 모른다.

화운룡은 장하문의 보고를 받고 어이없는 표정을 지었다.

"강우조? 태극신궁 소궁주 말인가?"

"그렇습니다."

사해검문 예검당 휘하 다섯 명의 검수를 심문한 결과를 보고하는 장하문 얼굴에 씁쓸함이 떠올랐다.

태극신궁 궁주 강무교의 아들 강우조가 지금 이곳으로 오고 있는 중이라고 한다.

"지아가 사해검문에 오면 무조건 납치하라고 강우조가 명령했었다는 겁니다."

"허어⋯⋯."

화운룡은 어이없는 표정을 지었다.

그는 강우조가 무엇 때문에 당한지를 납치하라고 지시했으며 또한 왜 그녀를 납치했다는 전갈을 받고 부랴부랴 달려오고 있는지 이유를 짐작할 수 있을 것 같았다.

그래도 분명히 하려고 당한지에게 물었다.

"강우조가 왜 오는 것이냐?"

화운룡 옆에 앉아 있는 당한지가 눈가루가 펄펄 날릴 것처럼 차가운 표정을 지었다.

"홍! 제가 그놈에게 파혼을 선언했기 때문이죠."

"네가 파혼을 선언했으면 그걸로 끝난 거지 그놈이 왜 너를 납치하라고 한 거지?"

화운룡은 정말 몰라서 물었다. 그였다면 여자가 파혼을 선언할 경우 순순히 곱게 물러났을 테니까 말이다.

이럴 때는 절대로 팔십사 년 동안 산전수전 두루 겪은 경험 많은 노인네 같지 않았다.

그 정도로 그는 남녀관계의 복잡하면서도 미묘함에 대해서만큼은 앞뒤가 꽉 막혔다.

강우조가 이곳에 온다면 혈도가 제압당해서 꼼짝도 못하는 당한지에게 무슨 짓을 할 것인지는 여기에 있는 사람들 중에서 화운룡 빼고 다 짐작했다.

"복수를 하려는 거겠지요."

장하문의 대답에 화운룡은 고개를 끄떡였다.

"그렇다면 그놈이 오면 지아하고 일대일로 정정당당하게 싸우도록 해주자."

당한지가 독한 표정으로 말했다.

"주군, 꼭 그렇게 해주세요."

화운룡과 당한지는 예지에서 보았던 당한지를 죽이는 사람
이 강우조일 것이라고 생각했다.

화운룡은 회안장에 조연무와 벽상을 놔두고 신하진 포구의
홍로상전으로 돌아갔다.

조연무와 벽상 두 사람이면 무공을 잃은 강우조와 그의 호
위무사 정도는 능히 감당할 수 있을 것이라고 예상했다.

두 사람을 놔두고 온 것은 장하문의 생각이다. 왜냐하면
두 사람이 요즘 들어서 은밀하게 사귀고 있다는 사실을 알았
기 때문이다.

조연무는 숙빈의 오빠이고 성품이 나무랄 데 없으며 이십
오 세로 벽상보다 두 살 위다.

조연무가 천방지축 말괄량이인 벽상을 어떻게 감당할지 염
려가 되기는 하지만 두 사람이 연인이 된다면 잘 어울리는 한
쌍이 탄생할 터였다.

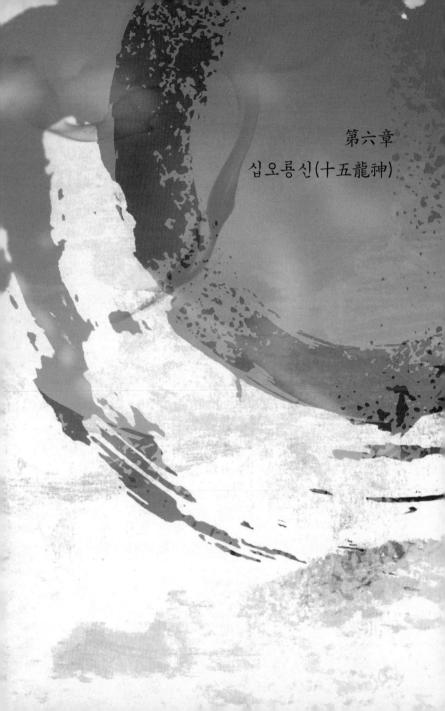

第六章

십오룡신(十五龍神)

　화운룡이 신하진 포구 홍로상전에 돌아왔을 때 당평원이 보낸 인물이 기다리고 있었다.

　그는 사해검문의 여덟 개 당 중에서 제일이라고 할 수 있는 뇌검당(雷劍堂)의 부당주인 능한웅(凌韓雄)이라는 삼십 대 중반의 인물이다.

　화운룡은 능한웅을 알고 있었다. 지난번 당평원이 고수들을 이끌고 비룡은월문을 공격했을 때 능한웅도 참가했었으며 중상을 입었다가 화운룡이 치료를 해서 완쾌되어 사해검문으로 돌아갔다.

당평원이 화운룡과 상호협력을 굳게 약속한 이유도 있지만, 화운룡이 치료를 해줘서 목숨을 구해준 은혜를 잊지 않고 있는 능한웅은 그에게 몹시 공손했다.

당평원은 자신을 돕기 위해서 화운룡이 대규모 고수들을 이끌고 왔을 것이라고 기대를 하고 있다.

자신이 보낸 서찰을 화운룡이 읽었다면 사해검문 내의 천외신계 족속과 배신자들을 처단하기 위해서 당연히 그럴 것이라고 믿었다.

화운룡이 자신을 비롯해서 달랑 열두 명만 왔다는 사실을 알면 당평원은 크게 실망할 것이다.

"문주께선 일거에 토벌을 원하십니다."

화운룡이 많은 고수들을 이끌고 왔을 것이라는 믿음은 능한웅도 갖고 있다.

"토벌?"

능한웅의 말에 화운룡과 장하문은 어이없는 표정을, 그리고 나머지는 놀라는 표정을 지었다.

"문주께선 이번 기회에 본 문에 독버섯처럼 틀어박혀 있는 천외신계와 배신자들을 한꺼번에 처치하기를 원하고 계십니다. 어떤 희생을 치르더라도 반드시 그렇게 해야지만 무림과 천하에 죄를 짓지 않는 것이라고도 말씀하셨습니다."

실내에는 화운룡과 장하문, 보진, 그리고 팔룡위가 앉거나서 있는데 능한웅의 말에 다들 씁쓸한 표정이다.

당검비와 당한지는 얼마 전까지였다면 능한웅의 말, 즉 부친의 뜻에 전적으로 동의했을 것이다. 그 당시에는 어려서부터 부친에게 교육을 받았던 탓에 사해검문식의 사고방식을 갖고 있었기 때문이다.

그러나 두 사람은 십룡위가 된 이후에 무공만 증진된 것이 아니라 어떤 상황에 직면하면 어떻게 대처해야 하는지에 대한 방식도 많이 변했다. 즉, 화운룡이나 장하문의 영향을 많이 받게 된 것이다.

그렇기 때문에 두 사람이 생각하기에 부친의 방법은 방법이라고도 할 수 없는 막무가내식 최하책이었다.

"문주께선 본 문 내에 보는 눈이 많아서 행동이 자유롭지 못하시기 때문에 화 문주께서 은밀하게 만나러 와주십사고 말씀하셨습니다."

"흠."

화운룡이 고개를 옆으로 쏘자 장하문이 공손히 나섰다.

"제가 다녀오겠습니다."

당평원을 만나고 오는 것은 장하문이면 충분할 것이다.

그런데 화운룡이 고개를 저었다.

"만날 것 없다."

화운룡의 내심을 간파한 사람은 장하문 혼자뿐이다.

구태여 당평원을 만날 필요 없이 그가 날짜와 시간을 정해서 알려주면 화운룡 등이 사해검문에 잠입해서 거사를 벌인다는 뜻이다.

능한웅은 화운룡의 말을 이해하지 못하고 눈을 껌뻑거렸다.

"무슨 말씀이신지……."

장하문이 대신 말했다.

"가서 당 문주에게 날짜와 시간을 받아 오시오."

"그 말씀은……."

"그럼 우리가 그 시간에 공격하겠소."

"아……."

능한웅은 잠시 숨을 고르고 나서 정중하게 물었다.

"이번에 고수들을 얼마나 데려오셨습니까?"

장하문이 태연하게 대답했다.

"여기에 있는 사람이 전부요."

"……."

능한웅은 장하문이 틀림없이 농담을, 그것도 꽤나 섬뜩한 농담을 하는 거라고 생각했다. 정신이 나가지 않고서야 절대로 그럴 리가 없기 때문이다.

"하하하! 그러시군요!"

능한웅은 비룡은월문에서 이끌고 온 고수들을 외곽 은밀

한 곳에 숨겨두었을 것이라고 나름대로 추측했다.

거기에 대해서 자꾸 캐묻는 것도 예의가 아닌 것 같아서 그만두었다.

이번에는 장하문이 물었다.

"예검당주는 어떻소? 그도 천외신계 족속인 것이오? 아니면 배신자요?"

예검당주가 추계랑의 보고를 받고 당한지를 납치하라고 지시했으며 그 사실을 태극신궁 소궁주 강우조에게 알렸기 때문이다.

"아닙니다. 예검당주는 우리 편입니다."

"확실하오?"

"물론입니다. 그의 목 뒤에 성문이 없으며 배신은 더욱 하지 않았습니다."

그렇다면 예검당주는 천외신계하고는 관계가 없는 대신, 태극신궁의 첩자일 가능성이 컸다.

능한웅이 사해검문으로 돌아가고 나서 오래지 않아 벽상과 조연무가 홍로상전의 배를 타고 돌아왔다.

화운룡 등이 예상했던 대로 안휘성 합비 태극신궁에서 전갈을 받은 강우조는 즉시 마차를 타고 전력으로 내달려 회안장에 도착했다.

그러나 그는 오매불망 고대하던 당한지의 모습을 보지도 못한 채 기다리고 있던 벽상과 조연무에게 제압되어 홍로상전으로 압송되었다.

전각 지하로 뻗은 계단을 내려가서 한 칸의 지하 석실이 나타나자 강우조를 데리고 온 조연무가 그의 등을 떠밀어 석실로 밀어 넣었다.

"어엇……!"

지난번 비룡은월문 공격 때 따라왔다가 무령강전에 급소를 맞아 무공을 잃은 강우조는 쓰러질 듯이 비틀거리면서 석실 안으로 떠밀려 들어갔다.

창도 없이 텅 빈 지하 석실에는 그 혼자만 덩그렇게 서서 잔뜩 겁먹은 얼굴로 조연무를 쳐다보았다.

여닫는 문이 없는 석실 입구에 조연무가 팔짱을 끼고 위협하는 표정으로 우뚝 서 있었다.

강우조가 영문을 모른 채 우두커니 서 있는데 앞쪽 또 다른 석실 입구에서 한 사람이 천천히 걸어 들어왔다.

"앗!"

들어선 사람이 검은 흑의 무복을 입은 아담하면서도 늘씬한 몸매의 당한지라는 것을 확인한 강우조는 반가움인지 놀라움인지 묘한 비명을 터뜨렸다.

당한지는 어깨에 검을 메고 있으며 손에도 한 자루 검을 쥐고 강우조를 싸늘하게 쏘아보며 천천히 걸어서, 그의 다섯 걸음 앞에 마주 보고 멈춰 섰다.

"지… 지 매……."

강우조는 자신을 납치한 사람이 당한지라는 사실을 깨닫고 복잡한 표정을 지었다.

그는 당한지를 제압해서 납치했다는 사해검문 예검당주의 전서구 서찰을 읽고 하늘에 날아오를 듯이 기뻤었다.

안휘성 합비의 절대자 태극신궁의 소궁주라는 굉장한 신분을 믿고 강우조는 이십팔 세의 나이에 이미 천하의 그 어떤 호색한(好色漢)보다 더 찬란한 이름을 떨치고 있었다.

합비는 물론이고 아무리 먼 곳이라도 미녀가 있다는 소문만 들으면 기를 쓰고 찾아가서 수단 방법을 가리지 않고 미녀를 자빠뜨려 정복을 해야지만 직성이 풀릴 정도로 여색에 환장한 인간이었다.

여자를 진심으로 사랑하지 않으면 절대로 품을 수 없다는 신조를 갖고 팔십사 세가 되도록 동정을 떼지 못한 사람이 있는 반면에, 이십팔 세에 이미 천 명이 넘는 여자와 운우지락을 나눈 강우조 같은 파락호도 있었다.

강우조는 예전부터 남경에 절세미인이 한 명 있다는 소문을 귀가 따갑게 들었으나 그녀가 남경의 절대자 사해검문의 소문주이기에 함부로 접근은커녕 대면할 기회조차 없이 속으로 애만 태웠다.

그러다가 태극신궁과 사해검문이 합병하는 조건으로 강우조와 당한지가 전격 정혼을 하게 되었으며, 당한지를 단 한 번 가까이에서 보는 것만으로 강우조는 그날부터 독한 마음으로 모든 주색을 끊고 오로지 당한지만을 바라보는 착한 남자가 되기로 결심했다.

그러나 문제는 다른 곳에 있었다. 강우조보다 열 살 아래인 십팔 세의 당한지는 노골적으로 그를 싫어하며 흡사 뱀이나 벌레를 보듯 했다. 그도 눈이 있는 이상 그녀의 그런 행동을 모를 리가 없다.

하지만 그는 어떻게 해서라도 당한지의 마음에 들기 위해 온갖 노력을 다 쏟았다. 하지만 돌아오는 것은 변함없는 당한지의 멸시뿐이었다.

그러다가 사해금검 당평원이 당검비, 당한지 남매를 데리고 비룡은월문을 공격한다는 말을 듣고는 만사 제쳐두고 거기에 가담했었다.

머지않아서 처가 식구가 될 사람들에게 어떻게 해서라도 잘 보이려는 생각에서였다.

그러나 어영부영 공격의 대열에 끼어들었던 강우조는 빗발치듯 쏟아지는 비룡은월문의 무령강전이 급소에 꽂혀서 끝내

폐인이 되어 무공을 잃고 말았다.

그뿐만이 아니라 만신창이가 된 그에게 당한지가 파혼까지 선언했으므로 태극신궁에 돌아온 그는 천하를 다 잃은 것처럼 식음을 전폐하고 앓아눕기에 이르렀다.

그러던 중에 사해검문 예검당주의 뜻밖의 낭보를 전해 듣고는, 이제야 비로소 당한지를 자신의 여자로 만들 수 있다는 생각에 희희낙락해서 한달음에 달려왔다.

그는 혈도가 제압당한 당한지를 짓밟고 나서도 그녀가 자신의 여자가 되기를 거부하면 잔인하게 죽여 버리겠다는 독한 결심을 품었다.

그랬는데 일이 이 지경이 되고 만 것이다.

쨍!

당한지가 쥐고 있던 검을 강우조 발 앞에 던지고는 새빨간 입술을 나풀거렸다.

"나하고 일대일로 겨루자."

"지 매……."

"입 닥쳐라. 누가 너의 지 매냐?"

당한지가 서슬 퍼렇게 중얼거렸다.

그녀는 강우조가 사해검문의 예검당주에게 시켜서 자신을 납치한 의도가 무엇인지 간파했다. 그녀는 나이는 어리지만 그 정도는 짐작할 수 있다.

무공을 잃고 파혼까지 당한 강우조가 혈도를 제압당하고 저항하지 못하는 몸이 된 그녀에게 할 수 있는 행동은 오로지 하나, 강제로 욕을 보이는 것뿐일 터이다.

무림에서도 소문난 호색한인 강우조에 대해서 당한지가 모를 리 없었다.

그러면서도 욕심 때문에 자신을 강우조와 정혼시킨 부친을 남몰래 원망도 했다.

여자에게 혼인이란 일생이 걸린 일이다. 당한지는 천하의 호색한 강우조에게 자신의 운명을 맡기고 살아야만 하는 참담한 운명이었다.

만약 화운룡이 당한지에 대해서 예지를 하지 못했다면 그녀는 납치를 당해서 지금쯤 강우조에게 짓밟혔을 수도 있었다.

"검을 들어라."

당한지가 조용히 말했지만 강우조는 그럴 생각이 전혀 없는 듯 울상을 지으며 그녀를 쳐다보았다.

"지 매… 도대체 왜 이러는 거야?"

당한지는 강우조와 더 이상 대화를 하는 것조차 입이 더러워지는 것 같아서 싫었다.

"검을 잡지 않으면 그냥 공격하겠다."

강우조는 당한지가 절대로 물러서지 않을 것이라는 생각에 주저하면서 검이 있는 곳으로 다가갔다.

"어서 집어라!"

당한지가 날카롭게 외치자 강우조는 깜짝 놀라서 급히 검을 집어 들었다.

검은 이미 뽑은 상태지만 강우조는 검첨을 바닥으로 늘어뜨리고는 또다시 바보처럼 징징거렸다.

"지 매, 내가 잘못했어…… 이러지 마……."

"그냥 죽을 테냐?"

당한지가 발칵 언성을 높이자 강우조는 움찔 놀라더니 그 자리에 주저앉듯 무릎을 꿇었다.

그러고는 머리를 조아리고 이마로 바닥을 쿵쿵 찧으면서 어린아이처럼 엉엉 구슬프게 울었다.

"으허엉… 지 매… 잘못했어…… 제발 목숨만 살려줘……."

당한지는 강우조가 끝까지 사내답지 못하고 비굴하게 구는 모습을 보고 없던 정마저 다 떨어졌다.

강우조는 눈물과 콧물이 범벅된 얼굴을 들어 당한지를 바라보면서 애원했다.

"크흐흑……! 당 소저……! 소인이 원래 쓰레기 같은 놈이라서 당 소저께 잘못이 많지만 부디 용서하시면 다시는 당 소저 앞에 나타나지 않겠습니다……."

강우조는 이마를 바닥에 거세게 쿵쿵 찧더니 무릎걸음으

로 종종거리면서 당한지에게 다가와 그녀의 발등에 입을 맞추고, 급기야 혀를 내밀어 발을 핥았다.

"제발… 당 소저께서 시키는 건 무엇이든지 할 테니까 목숨만 살려주십시오……."

당한지는 오만상을 쓰며 급히 발을 움츠렸다.

"그만해라!"

그런데 바로 그 순간, 구슬프게 흐느껴 울던 강우조가 느닷없이 오른손에 쥐고 있던 검을 두 손으로 잡으며 번개같이 위로 힘껏 찔러 올렸다.

쉬익!

강우조는 당한지의 발치에 무릎을 꿇고 있으므로 비록 무공을 잃었다고는 해도 그저 두 손으로 잡고 있는 검을 힘껏 찔러 올리기만 하면 당한지의 상체나 목, 턱을 찌르는 것은 어렵지 않은 일이다.

"……!"

새파란 검이 느닷없이 턱 아래에서 찔러 오르자 당한지는 혼비백산했다.

그녀는 이런 경험이 한 번도 없었으므로 순간적으로 어떻게 대처해야 할지 몰랐다.

이 순간 그녀의 머릿속은 새하얗게 탈색되었고 모든 사고가 멈춰 버렸다.

하지만 그녀의 몸은 이런 급박한 상황에 어떻게 대처해야 하는지 알고 있다.

그동안 십룡이위들이 밤낮으로 피나는 훈련을 쌓아가는 동안 머리가 미처 따르지 못할 만큼 빠른 반사 행동을 몸이 익혀둔 것이다.

당한지의 오른발이 재빨리 한 걸음 뒤로 물러나는 것과 동시에 어느새 오른손이 어깨의 검을 뽑아 전방을 향해 짧고 간명하게 수평으로 그었다.

그것은 무의식적인 반사 행동이다.

파앗!

그녀의 눈앞에서 새파란 검광이 한차례 번뜩이고는 아무 소리도 나지 않았다.

"하아악!"

너무 경악해서 눈을 커다랗게 뜨고 있는 당한지는 잠시 후에 발작하듯이 숨을 크게 들이마셨다.

그녀의 한 걸음 앞에 강우조가 그녀를 쳐다보면서 두 손으로 위를 향해 검을 찌르는 자세로 멈춰 있는 게 보였다. 그의 시선은 위를 향하고 있었다.

당한지는 몸이 시키는 대로, 반사적으로 강우조에게 검을 그어놓고서도 자신이 방금 무슨 행동을 했는지 아직 머리가 인지하지 못했다.

투우……

그때 놀라운 일이 일어났다.

당한지가 쳐다보고 있는 가운데 강우조의 잘라진 두 팔과 목이 마치 매끄러운 돌 위에서 얼음이 미끄러지듯이 스르르 한쪽 방향으로 움직이는가 싶더니, 한순간 풀썩 옆으로 꺾이면서 몸에서 분리되어 바닥에 떨어졌다.

쿵… 투둑… 쨍!

강우조의 목이 잘려서 머리가 먼저 떨어지고 팔꿈치 바로 위에서 잘린 두 손과 검이 뒤이어 떨어졌다.

두 손은 검을 꼭 붙잡은 채 바닥에서 이리저리 펄떡거리면서 움직였다.

그리고 머리는 데구루루 한동안 제멋대로 굴러가다니 저만치에서 뺨을 바닥에 대고 옆으로 누워서 멈춘 채, 거기에 달린 눈이 껌뻑거리면서 당한지를 쳐다보았다.

"제… 발… 목… 숨… 만……"

그렇게 더듬거리다가 말고는 입이 멈추었으며 깜빡거리던 눈도 정지했다.

합비의 호색한이며 얼마 전까지 당한지의 정혼자였던 강우조가 이승을 떠났다.

"아아……"

당한지는 눈앞에 벌어진 상황이 너무 무서워서 꼼짝도 하지 못하고 가늘게 몸만 떨었다.

그러고 보니까 그제야 장하문이 강우조를 죽이지 말라고 했던 말이 생각났다.

태극신궁이 무서워서가 아니라 강우조를 살려두면 앞으로 쓸모가 있을 것이라고 생각했기 때문이다.

당한지는 저만치 석실 입구 안쪽에 서서 이쪽을 쳐다보고 있는 조연무를 바라보았다.

그러나 조연무는 당한지를 책망하지 않고 담담한 표정으로 가볍게 고개를 끄떡였다.

'괜찮아. 죽일 수밖에 없는 상황이었어'라고 그의 표정이 말하고 있었다.

조연무의 온화한 표정은 당한지에게 큰 위로가 되었다.

조연무가 담담한 목소리로 당한지가 강우조를 죽일 수밖에 없었던 상황을 설명했다.

"그랬군."

보고를 들은 장하문은 가볍게 고개를 끄떡일 뿐 별다른 반응을 보이지 않았다.

그 덕분에 강우조를 죽여서 조마조마했던 당한지의 마음이 조금 진정되었다.

장하문은 의자에서 일어서며 말했다.

"주군께서 술상을 보라고 말씀하셨다."

조연무가 벙긋 미소 지으며 말했다.

"주군께선 술을 좋아하시는군요."

운룡재에서도 화운룡은 걸핏하면 십룡이위를 모아놓고 술판을 벌였었다.

물론 조연무는 그 술판을 매우 좋아하는 편이다. 그뿐만이 아니라 십룡이위 중에서 화운룡이 벌이는 술판을 싫어하는 사람은 아무도 없다.

모르긴 해도 다들 '오늘은 한잔하지 않나?' 하고 목을 빼고 기다리면 기다렸지 싫어하는 사람은 없을 터이다.

장하문은 껄껄 웃었다.

"하하하! 술 마시는 것이 주군의 몇 개 되지 않는 낙 가운데 하나라는 말씀이야!"

조연무는 장하문이 영감처럼 웃는 것도 주군을 많이 닮아가고 있다는 생각이 들었다.

화운룡은 십절무황 시절보다도 과거로 돌아온 이후 술을 무척 좋아하게 되었으며 부쩍 마시는 횟수가 늘어 이틀이 멀다 하고 마시고 있다.

그러다 보니까 그는 정말로 술을, 그리고 술 마시는 분위기를 좋아하고 즐기게 되었다.

장하문과 십룡이위는 화운룡과 술을 마시면서 술에 대해서 그에게 많은 것을 배웠다.

특히 술을 마실 때는 되도록 우울하거나 기분이 나빠질 화제를 꺼내지 않고 오롯이 술 마시는 분위기를 즐기는 풍류의 멋스러움을 배웠다는 사실이 중요했다.

화운룡과 술 마실 때는 특별한 주도가 따로 없다. 술 마실 때만큼은 최소한의 예의만 잃지 않는다면 신분 고하 관계없이 화기애애하게 즐기면 된다.

평소에는 모두에게 화운룡이 주군이며 사부 같은 존재이지만 술 마실 때만큼은 그가 젊은 형이고 오빠 같다.

비록 스무 살 젊은 나이인 그가 술 마시면서 아무리 젊은이 시늉을 해도 깊이 박혀 있는 팔십사 세 노인네의 고질적인 언행은 고쳐지지 않았다.

그래서 십룡이위는 아무리 고주망태 술이 취해도 그를 도저히 동료처럼 대할 수는 없는 것이다.

주흥이 도도하게 무르익었을 때 장하문이 화운룡에게 넌지시 당한지가 강우조를 죽였다는 얘기를 했다.

그런데 화운룡의 반응은 장하문보다 더 간명했다. 장하문은 '그랬군'이라는 말이라도 했었지만 화운룡은 가볍게 고개를 한 번 끄떡이고 말 뿐이다.

그래서 강우조를 죽인 것 때문에 그때까지도 조마조마 마음을 줄이고 있던 당한지는 비로소 안심할 수 있게 되어 웃음을 되찾았다.

문득 장하문이 화운룡에게 부탁했다.

"주군, 내일이라도 천외신계와 싸움이 벌어지면 어떻게 해야 하는지 이 기회에 한 수 가르침을 주십시오."

"알았다."

화운룡은 흔쾌히 고개를 끄떡였다.

모두들 숨을 멈춘 채 과연 화운룡이 어떤 훌륭한 가르침을 내릴지 긴장하는 표정이 역력했다.

화운룡이 빙그레 미소 지었다.

"잘 싸우면 된다."

장하문이 미소 지으며 모두에게 말했다.

"잘 들었느냐?"

모두 의아한 표정을 짓자 장하문이 화운룡의 말을 다시 한 번 반복했다.

"잘 싸우면 된다."

십룡과 일위는 그 말에 아무도 웃거나 허투루 들으려고 하지 않고 진지한 표정으로 곰곰이 생각에 잠겼다.

죽장몽개 공천이 힘주어 고개를 끄떡였다.

"주군께서 말씀하셨기에 하는 말이지만 잘 싸우는 것만큼 중요한 것은 없소."

그는 비록 쟁쟁한 개방의 장로지만 여기에 있는 사람들은 천하제일인 십절무황과 그의 최측근인 군사 장하문, 그리고 미래에 무황십이신과 비견될 만한 십룡일위들이기에 감히 함부로 경거망동하지 못했다.

"잘 싸운다는 것은 자신이 배우고 연마한 바를 충실하게, 그리고 시기적절하게 응용하여 전개한다는 것이오. 반대로 다치거나 죽는 것은 못 싸웠기 때문이오. 그러나 잘 싸운다면 절대로 죽거나 다치는 일이 없을 것이오."

꿈보다 해몽이다. 십룡일위는 화운룡의 말을 알아듣기 쉽게 풀어주는 공천의 금과옥조(金科玉條)에 그저 감탄하여 고개를 끄떡일 뿐이다.

화운룡이 벙긋 웃었다.

"몽개, 내 말에 그런 심오한 뜻이 있었나?"

공천은 뜨악하게 '어?' 하는 표정을 지었으나 곧 공손하게 고개를 숙였다.

"죄송합니다. 주군의 고견을 제가 잘 해석하지 못했습니다. 용서하십시오."

무림의 기둥 구파일방의 하나인 개방의 장로마저 모든 것을 던져 버리고 주군으로 받들어 모실 정도로 훌륭한 화운룡에게 다들 무한한 존경심을 느꼈다.

장하문은 화운룡이 또 무슨 이상한 말을 해서 공천을 어색하게 만들까 봐 얼른 화제를 바꾸었다.

"주군, 이들이 십룡위와 일위가 아닙니까?"

"그렇지."

"하오면 주군께서 이참에 각자에게 마땅한 별명을 지어주시는 것이 어떻겠습니까?"

"별명?"

"창천까지 포함해서 그냥 열두 명을 한꺼번에 뭉뚱그려서 십룡이위라고 부르는 것은 좀 그렇잖습니까? 각자에게 좋은 별명이 필요할 때입니다."

"흠, 그도 그렇군."

십룡일위는 별명 같은 것은 생각해 본 적이 없었지만 장하문 덕분에 자신들에게 별명이 생길지도 모른다는 기대 어린 표정으로 화운룡을 주시했다.

화운룡은 술을 마시고 빈 잔을 내밀었다.

"그렇다면 내가 너희들에게 별명을 지어주는 작명비로 술 한 잔씩을 받으리라."

언제나 화운룡의 옆에 앉으려고 암투를 벌이는 보진과 도도가 번개같이 술병을 잡으려고 손을 뻗다가 서로의 손이 부딪치고 말았다.

그러는 사이에 감중기가 슬그머니 다른 술병을 잡더니 두 손으로 공손히 화운룡의 잔에 술을 따랐다.

"잘 부탁드립니다, 주군."

"흠."

화운룡은 술잔을 들고 빙그레 미소 지으며 감중기를 바라보며 말했다.

"너의 초일도는 무엇보다도 빠르므로 쾌룡(快龍)이라고 부르는 것이 좋겠다."

"쾌룡입니까? 아아……."

감중기는 기대했던 것보다 더 좋은 별명을 받고 더할 수 없이 감탄하여 얼굴이 환해졌다.

그는 화운룡의 지도 아래 여러 절학들을 연마하고 있지만 그의 성명무공이라면 누가 뭐래도 초일도라고 할 수 있다.

초일도는 극강하고 극쾌하므로 '쾌룡'은 그에게 딱 어울리는 별명, 아니, 별호다.

화운룡의 작명에 감중기만이 아니라 모두들 그에게 너무도 잘 어울리는 별호라고 생각하여 한마디씩 축하를 해주었다.

모두들 감탄하고 있는 사이에 숙빈이 잽싸게 술병을 내밀며 재촉했다.

"주군 오라버니, 어서 술 드세요."

그녀는 주군인 화운룡을 심중으로는 아직 정혼자라고 여기고 있으므로 술이 취했을 때만큼은 사심을 섞어 종종 '주군 오라버니'라고 불렀다.

화운룡은 술을 마시고 내민 빈 잔에 숙빈이 술을 따르는 것을 보면서 미소를 지었다.

"빈아, 너는 비룡운검을 전개할 때 다른 사람들과는 달리 은광(銀光)이 눈부시니까 은룡(銀龍)이 좋겠다."

"은룡… 아아… 너무 좋아요."

숙빈의 원래 별호는 은월한설이었는데 그녀가 비룡운검을 전개할 때 유달리 은광이 눈부시다고 하여 별호를 '은룡'이라고 지으니 그녀는 날아갈 듯이 기뻤다.

"저는요?"

막내 화지연이 얼른 술을 따랐다.

그러자 가끔 그녀를 소홍화(꼬마)라고 놀리는 당검비가 싱글벙글 웃으며 말했다.

"너는 소홍룡(小紅龍)이 어떠냐?"

화지연이 지지 않고 맞받았다.

"흥! 오라버니 별호를 증룡(僧龍)이라고 지으면 소매도 소홍룡이라고 짓겠어요."

증룡의 증(僧)은 밉다는 뜻이니까 미운 룡이라는 뜻이니 당검비가 받아들일 리가 없다.

두 사람이 아웅다웅하는 것을 화운룡의 말이 잘랐다.

"연아, 네가 만우뢰를 전개할 때는 흡사 수천 개의 꽃잎이 흩날리는 것 같으니 화룡(花龍)이 어떠냐?"

화지연은 금세 생글생글 웃었다.

"소매가 꽃처럼 예쁘다는 뜻도 있겠죠?"

"이를 말이겠느냐?"

키나 체구가 제일 작은 화지연은 모두를 보면서 두 손을 잘록한 허리에 얹었다.

"모두 들었죠? 소매는 지금부터 꽃처럼 예쁜 화룡이니까 그렇게 불러주세요!"

서로 눈치 싸움을 하던 도도와 보진 중에서 보진이 얼른 화운룡 잔에 술을 부었다.

그러나 아직 마시지 않아서 잔에 술이 있었기 때문에 술이 철철 넘쳐 탁자를 적셨다.

"아아… 죄송합니다, 주군……."

술이 금세 탁자 아래로 흘러서 화운룡의 바지를 적셨기에 보진은 당황해서 급히 바닥에 무릎을 꿇고 자신의 품속에서 비단 손수건을 꺼내 그의 젖은 옷을 닦았다.

"보진은 옥룡(玉龍)이다."

화운룡의 허벅지를 닦던 보진의 손이 뚝 멈췄다.

앞선 다른 사람들은 이러저러해서 화룡이고 쾌룡이니 뭐니 설명을 해주었는데 그녀는 다짜고짜 옥룡이라고만 하니까 그녀는 괜한 생각이 들었다.

일전에 그녀가 다쳐서 치료를 했을 때나 이후 생사현관 타통 때 두 번 다 그가 그녀의 나신을 보고는 '너는 유난히 살결이 옥처럼 투명하구나'라고 말했었다.

그런 이유로 자신의 별호를 '옥룡'이라고 지은 것이 아닌가 해서 보진은 얼굴이 화끈거렸다.

그때 화운룡이 탁자 아래로 그녀의 손목을 가만히 잡았다.

보진은 움찔 놀라서 자신의 붙잡힌 손을 쳐다보다가 기절할 정도로 놀라고 말았다.

그녀의 손은 손수건을 꼭 잡은 채 그의 젖은 옷을 닦는답시고 이리저리 흔들고 있는 중이다.

그제야 그녀는 급히 손을 뗐다.

'에그머니……'

크게 당황해서 아무 말도 못 하고 얼굴을 붉힌 채 일어서는 보진에게 화운룡이 조용히 말했다.

"너는 옥룡보다는 파룡(把龍)이 좋겠다."

화운룡이 말한 파룡의 '파(把)'는 잡는다는 뜻이다.

그렇지만 다른 사람들은 같은 발음인 부술 '파(破)'로 알아들었다.

설마 화운룡이 집을 '파' 같은 것을 쓰지는 않았을 것이라고 생각한 것이다.

그렇지만 방금 전에 자신이 손수건 아래로 무엇을 잡았는지 알기 때문에 그 뜻을 제대로 알아들은 보진은 방금 전까지만 해도 얼굴이 새빨갰으나 지금은 새하얗게 변해서 화운룡을 바라보았다.

"주… 주군……"

화운룡은 의미심장한 미소를 지었다.

"어쩔 테냐?"

"옥룡으로 하겠어요."

"그게 나으냐?"

"네……"

보진은 아직도 손에 생생하게 남아 있는 괴이한 느낌 때문에 심장이 미친 듯이 두근거렸다.

그때 장하문이 주의를 환기시켰다.

"주군, 보진은 이위였는데 이제부터는 용(龍)입니까?"

"그래. 보진과 창천을 넣어 십이룡(十二龍)이 좋겠군."

"그러겠습니다."

보진은 술이 흘러서 화운룡의 허벅지를 닦는 바람에 생긴 그의 옆자리에 조심스럽게 앉았다.

그러다가 무심코 힐끗 탁자 아래를 보고 화운룡의 무릎 위에 그녀의 비단 손수건이 여전히 덮여 있는 것을 발견하고는 깜짝 놀랐다.

그때 벽상이 화운룡에게 술을 따르는 것을 보면서, 보진은 주위의 눈치를 살피며 탁자 아래로 손을 슬그머니 뻗어 비단 손수건을 잡아갔다.

"……!"

그러다가 또다시 화운룡에게 손목이 붙잡혔다.

그녀의 의도를 달리 의심한 화운룡은 붙잡은 손을 말없이 그녀의 무릎에 얹어놓았다. 이상한 짓 하지 말고 가만히 있으라는 뜻이다.

보진은 억울해서 눈물이 나올 것만 같았다.

'그게 아닌데…….'

화운룡이 벽상을 보며 싱긋 웃자 그녀는 왠지 불길한 예감이 들었다.

"상아는 홍후룡(紅瘊龍)으로 하자."

"아악!"

벽상이 발작을 일으키듯 비명을 냅다 질렀다. 빨간 사마귀를 갖고 화운룡이 또 장난을 치고 있기 때문이다.

벽상과 사귀고 있는 조연무가 의아한 얼굴로 물었다.

"홍룡(紅龍)을 잘못 말씀하신 것입니까?"

"아니다. 홍후룡이다."

"주군! 정말 이러실 거예요?"

성질이 나면 눈에 뵈는 게 없는 벽상은 벌떡 일어나서 화운룡 뒤로 돌아가 팔뚝으로 그의 목을 감아서 졸랐다.

"제대로 지어주시지 않으면 알죠?"

"끄으으… 아… 알았다……."

숨이 막힌 화운룡은 다급하게 손으로 벽상의 팔을 두드렸다.

벽상은 팔을 풀어주며 엄포를 놓았다.

"근사하게 하나 지어줘요."

화운룡은 목을 쓰다듬었다.

"으음… 홍……."

"또!"

"그래. 너는 쌍룡(雙龍)이라고 해라."

사람들은 정말 멋있는 별호라고 환호성을 터뜨리는데 정작 당사자인 벽상은 화운룡이 별호를 대충 지어준 것 같은 기분을 떨쳐 버리기가 어려웠다.

"제가 왜 쌍룡이죠?"

장하문이 벽상의 머리를 아프지 않게 살짝 쥐어박았다.

"너는 쌍검술을 연마하고 있잖느냐?"

"아……."

뒤이어서 화운룡은 술 한 잔을 마실 때마다 일사천리로 별호를 지어주었다.

전중은 비룡(飛龍)이고, 조연무는 도룡(刀龍)이다. 이 둘은 비도술인 비폭도류를 연마하고 있기 때문이다.

화운룡은 백진정의 술을 받았다.

"정아, 너는 뇌룡(雷龍)이다."

백진정의 눈이 잔뜩 커지더니 환하게 미소 지었다. 그녀는 자신의 별호가 왜 뇌룡인지 금세 알았다.

"감사합니다."

백진정은 절세의 창법인 만우뢰를 연마하고 있다.

이제 당한지와 당검비, 도도가 남았다. 두 소녀는 자신이 화운룡에게 귀여움을 받고 있으므로 특별히 좋은 별호를 받을 것이라고 기대했다.

"저는요?"

당한지와 도도가 동시에 술병을 내미는데 공교롭게도 화운룡의 빈 잔 앞에서 가볍게 부딪쳤다.

쨍!

"지아는 십룡위 중에서 비룡운검을 가장 잘 전개하니까 검룡(劍龍)이라고 하자."

"정말요?"

"뭐가 말이냐?"

"소녀가 비룡운검을 제일 잘한다는 말씀 말이에요."

화운룡은 고개를 끄떡였다.

"십룡위 중에서 비룡운검이 제일 강하고 제대로 전개하는 사람이 너다."

"아아……."

"다들 자신들의 성명무공이 따로 있어서 비룡운검을 소홀히 연마하기 때문이지."

그렇기 때문에 당한지가 비록 뒤늦게 십룡위에 합류했지만 비룡운검만을 죽어라고 연마해 소기의 성취를 이룰 수 있었던 것이다.

"검비는 금룡(金龍)이다."

당검비는 공손히 허리를 굽혔다.

"감사합니다."

그는 기대하지도 않았던 금룡이라는 별호에 매우 만족했다. 자고로 금룡은 용 중 용이며 으뜸으로 치기 때문이다.

처음부터 화운룡 옆에 앉아 있던 도도가 그에게 찰싹 붙으며 달큰한 목소리로 물었다.

"저는요?"

"교룡(嬌龍)이다."

"아……."

예로부터 교룡(蛟龍)은 상상과 전설 속의 동물로서 황태자나 명문대파의 후계자들에게 즐겨 사용되었다.

그러나 사실 화운룡이 말한 교룡의 '교(嬌)'는 아리땁기도 하고 또 교태를 부린다는 뜻으로써 도도가 화운룡에게 하는 행동을 적절하게 설명한 것이다.

하지만 그가 말하는 '교'와 교룡의 '교(蛟)'가 발음이 같아서 도도나 모두들 그렇게 알아들었다.

도도는 '교룡'이 너무나 마음에 들어서 화운룡의 팔을 두 팔과 가슴으로 꼭 안으면서 상체를 흔들며 콧소리를 냈다.

"고마워요."

화운룡은 장하문에게 빈 잔을 내밀었다.

"이 자리에 없는 창천은 창룡(蒼龍)으로 하자. 그러면 십룡이위가 아니라 이제부터는 십이룡위(十二龍衛)가 되겠군."

장하문은 술을 따르면서 미소 지었다.

"수고하셨습니다."

그는 십룡이위의 별명을 지어달라는 자신의 부탁을 흔쾌히 들어준 화운룡이 고마웠다.

화운룡은 술잔을 들면서 장하문에게 말했다.

"자넨 대룡(大龍)이야."

장하문은 깜짝 놀라더니 환하게 웃었다.

"저도 지어주십니까? 대룡이라… 정말 마음에 듭니다."

큰 '대(大)'니까 모두의 밑이라는 뜻이다.

예지력 덕분에 화운룡하고 많이 가까워진 당한지가 노래하듯이 제안했다.

"주군께서도 별호를 하나 지으세요."

화운룡은 빙그레 미소 지었다.

"나는 이름이 운룡(雲龍)이니까 이미 용이잖느냐."

"그건 주군의 존함이니까 별호가 필요해요."

다들 한마디씩 거들더니 어느덧 중론이 화운룡도 별호가 필요하다는 쪽으로 모아졌다.

비룡은월문의 문주이며 십이룡위의 주군인데 당연히 근사한 별호가 필요하다고 다들 떠들어댔다.

벽상이 진지한 표정으로 말했다.

"십절무황 어때요?"

화운룡이 미래에 천하제일인이 될 것이라는 사실을 알고 있는 벽상은 아까 그가 자신의 별호를 빨간 사마귀 용 '홍후룡'으로 하자고 한 것에 대해서 복수를 했다.

화운룡의 미래에 대해서 알고 있는 보진은 벽상도 알고 있다는 사실에 깜짝 놀랐다.

하지만 보진은 벽상이 화운룡에게 복수를 하려는 의중을 간파하고 차분하게 자신의 의견을 밝혔다.

"주군의 별호로 천룡(天龍)이 어떻습니까?"

모두의 눈이 번쩍 크게 떠져 환호성을 터뜨렸다.

"최곱니다!"

"천룡보다 더 좋은 별호는 없을 거예요!"

화운룡은 빙그레 웃었다.

"허헛! 나도 용인가?"

스무 살 새파란 청년이 영감처럼 너털웃음을 웃어도 이제는 다들 자연스럽게 받아들였다.

잠시 술잔을 만지작거리던 화운룡이 어떤 결정을 내렸다.

"나도 용이 됐으니까 그렇다면 나를 너희들 용 속에 끼워 넣어다오."

그의 느닷없는 제의에 다들 깜짝 놀랐다. 화운룡은 주군이고 장하문을 비롯한 열세 명은 군사와 호위고수인데 어떻게 같은 등급이 될 수 있겠는가.

그러나 화운룡은 이왕 내친김에 잘됐다 싶은 생각이 들어 계속 밀어붙였다.

"나는 너희들의 우두머리가 아니라 가족이며 형제가 되고 싶은 것이다."

여기서 말로 그를 이길 사람은 아무도 없을 것이다.

더구나 그의 말은 모두의 심금을 울리기에 충분했다. 우두 머리가 아니라 가족이 되고 싶다니, 모두는 콧날이 시큰거리고 가슴이 먹먹해져서 이미 화운룡의 말을 전적으로 찬성하는 쪽으로 기울었다.

화운룡이 결정타를 날렸다.

"우리는 하나 아니더냐?"

"아아……."

"주군……."

여기저기에서 감격 어린 탄성이 터져 나왔다. 이것으로 더 이상 말이 필요하지 않게 되었다.

화운룡은 장하문에게 술을 따라주었다.

"자네가 정리하게."

장하문은 두 손으로 술을 받으며 이렇게 될 줄 알았다는
표정을 지었다.

"우리는 모두 하나라는 말씀이군요?"

"그렇지."

"저는 아닙니다."

그런데 공천이 슬쩍 발을 뺐다.

그는 모두의 시선을 받으며 머쓱하게 웃었다.

"거지가 용 되는 거 보셨습니까? 저는 그저 거지일 뿐입니
다. 더구나 저는 사십오 세입니다. 거지에 늙다리가 용이 되면
개가 웃을 겁니다."

화운룡은 빙그레 미소 지으며 고개를 끄떡였다.

"다행이로군. 우린 개가 아니니까."

"주군……"

공천은 불길한 예감이 들었다. 그의 인생에서 불길한 예감
은 이날까지 한 번도 비껴간 적이 없었다.

"거지가 용 되지 말라는 법 없고, 늙은 용도 있는 법이야.
거기에 비하면 자넨 아직 젊어."

"하아… 주군, 이거 제가 저 젊은이들하고 어떻게 어울리겠

습니까? 제발 봐주십시오."

"나도 하잖아."

화운룡이 팔십사 세였다는 사실은 알고 있지만 공천은 어떻게 하든지 이것만은 피하고 싶었다.

"그건 그거고 이건 이겁니다."

화운룡은 모두를 둘러보았다.

"너희들 문제 있나?"

활달한 숙빈이 짤랑짤랑한 목소리로 공천을 불렀다.

"공 대가, 소매 숙빈이 인사드려요."

그러자 다들 공천에게 대형이니 대가니 와자하게 부르면서 인사를 했다.

일이 이쯤 되자 공천은 어쩔 수 없다는 표정을 지었다.

"하지만 저 같은 거지에겐 마땅한 별호가 없을 겁니다."

"주룡(酒龍) 어떤가?"

그가 술을 좋아하니까 이른바 '술 마시는 용'이다.

공천은 벙긋 웃었다.

"제게 딱 맞는 별호가 있었군요."

장하문이 이 화젯거리를 마무리했다.

"주군께서 천룡이 되셨으므로 이제는 위(衛)라는 호칭을 쓸 수 없게 됐습니다."

'위'는 호위를 한다는 뜻인데 호위를 받아야 할 사람인 화운룡이 한통속이 됐기 때문이다.

"그렇지."

"용이 열다섯 명입니다."

"십오룡(十五龍)이로군."

"주군께서 호(號)를 지어주십시오."

"신(神)이 좋겠군."

장하문만이 아니라 다들 화들짝 놀랐다. 자신들 호로 '신'을 붙이다니 상상도 못 한 일이다.

무림에서 별호에 '신'을 붙인다는 것은 최소한 절정고수 이상이어야만 가능한 일이다.

삼류무사가 제 마음대로 별호에 '신'을 붙일 수는 있겠지만 그랬다간 만인의 웃음거리가 되어 돌아다니지도 못하게 될 것이 분명하기에 함부로 사용하지 못하는 것이다.

별호는 그 사람의 얼굴이다. 별호에 '신'을 넣으면 신처럼 행동해야 할 것이다.

그러나 장하문은 십절무황에게 무황십이신이 있었으며 자신도 그중 한 명이었다는 생각이 떠올라서 고개를 끄떡였다.

무황십이신의 '신'이 십오룡에 붙는 것이다.

"근사합니다."

공천까지 다들 설레면서도 두근거리는 표정이다.

그리고 화운룡이 빙그레 미소 지으며 술잔을 들고 일어섰다.

"선창하겠다."

다들 술잔을 가득 채워서 모여들었다. 모두의 얼굴에 더할 수 없는 흥분과 자랑스러움이 넘실거렸다. 여기에 있는 모두가 '신'이 되는 순간이다.

화운룡이 술잔을 내밀었다.

"십오룡신(十五龍神)을 위하여."

화운룡을 제외한 십사룡이 그의 잔에 자신들의 잔을 부딪치며 웅혼하게 외쳤다.

"십오룡신을 위하여!"

째쟁!

장하문이 술자리에서 재미로 시작한 일이 결국 십오룡신을 탄생시켰다.

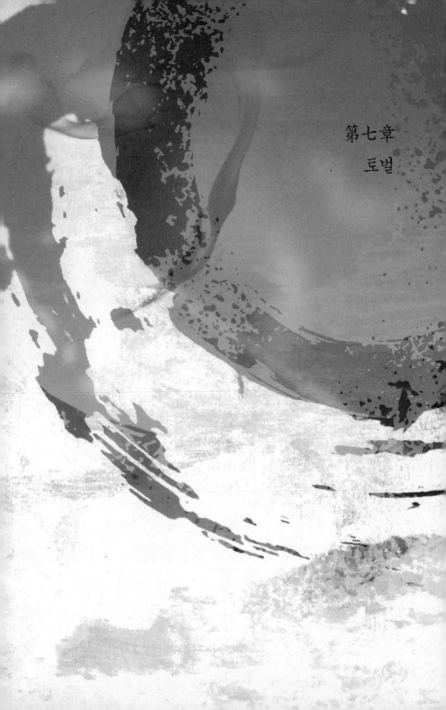

第七章
토벌

늦은 밤.

사해검문 뒷담을 넘는 흑영들이 있었다.

캄캄한 어둠 속에서 그들은 쾌풍운이라는 최고의 경공을 전개하여 추호의 기척도 내지 않고 이 장 높이의 담을 가볍게 날아 넘었다.

사해검문은 그다지 경계가 삼엄하지 않았다. 남경의 패자이기 때문에 아무도 넘보지 않기 때문이다.

담 안쪽은 인공 숲이며 그곳에는 미리 대기하고 있던 사해검문 뇌검당 부당주 능한웅이 흑영들, 즉 십오룡신들을 어느 장소로 안내했다.

　그곳은 사해검문의 사십여 채의 전각과 건물들 중에서 그다지 눈에 띄지 않는 후원 쪽의 뚝 떨어진 별원이었다.

　"어서 오시오."

　초조하게 서성이면서 기다리고 있던 당평원은 능한웅의 안내로 들어서는 화운룡을 발견하고 한달음에 다가와서 두 손을 굳게 잡았다.

　"오랜만이오."

　비룡은월문을 접수하겠다고 사해검수들을 이끌고 쳐들어갔을 때의 당평원과 지금의 당평원은 격세지감이 느껴질 정도다.

　그의 심중에 있는 화운룡은 이십 세 청년이 아니라 존경하고 싶은 청년 영웅이다.

　꽤 넓은 실내에 당평원과 그의 측근 세 명, 그리고 화운룡을 비롯한 십오룡신이 모였다.

　당평원은 화운룡과 장하문 뒤쪽에 반원형으로 죽 늘어선 열세 명 십삼룡신을 천천히 훑어보다가 나란히 서 있는 당검비와 당한지 남매를 발견하고 반가움에 훈훈한 미소를 지으며 고개를 끄떡였다.

　당평원은 자신의 아들과 딸이 화운룡 휘하에 남겠다고 해서 그러라고 쾌히 허락했다.

화운룡이 자신과 수하들을 치료하는 동안 그와 여러 대화를 나누면서 됨됨이를 살폈는데 당평원 자신은 서너 번의 인생을 살더라도 절대 이루지 못할 고매한 성품과 박식한 지식을 지닌 인물이라는 사실을 알게 되었다. 그래서 자식들을 선뜻 그에게 맡겼던 것이다.

그런데 지금 보니까 당검비와 당한지의 외견상 모습이 몇 달 전하고는 비교할 수 없을 만큼 좋아진 것 같아서 당평원은 자신의 결정이 옳았었다는 것을 확인했다.

예전 같았으면 이런 상황에서의 당검비와 당한지는 아버지에게 달려와서 반갑게 안기며 수선을 피웠을 텐데도, 지금은 화운룡 뒤편에 당당하게 우뚝 선 채 단지 눈으로만 아버지에게 알은척을 하고 있을 뿐이다. 얼마나 의젓한지 당평원은 입이 귀에 걸렸다.

당평원은 자식들이 알은척만 하는 것이 조금도 서운하지 않았다. 철없고 미숙했던 자식들이 당당한 모습으로 돌아온 것이 그저 기쁘고 고마울 따름이다.

"앉읍시다."

당평원이 한쪽의 탁자를 가리켰다.

화운룡은 당평원 맞은편에 장하문과 나란히 앉아서 공천을 고갯짓으로 불렀다.

"몽개, 이리 오게."

화운룡은 공천에게 턱으로 의자를 가리켰다.

"앉아."

당평원은 화운룡 좌우에 앉은 장하문과 공천을 보다가 공천에게 시선을 멈추었다.

"뉘신지……."

공천은 가볍게 포권을 했다.

"주룡신(酒龍神)이오."

당평원은 뭔가 거창한 것 같은 주룡신이라는 별호를 이제껏 들어본 적이 없었다.

주룡(主龍)이란 산맥의 중심이 되는 주산(主山)의 줄기를 뜻하며, 사람에게 사용할 땐 가장 중심적인 인물, 즉 중요한 사람을 의미한다.

하지만 당평원은 주인 '주(主)'가 아니라 술 '주(酒)'라는 사실을 몰랐다.

장하문이 엷게 미소 지으며 대신 설명했다.

"그는 개방 이 장로인 죽장몽개외다."

"어……."

당평원은 크게 놀라는 얼굴로 장하문과 화운룡, 공천을 번갈아 쳐다보았다.

공천이 조용히 설명했다.

"얼마 전까지는 개방의 이 장로였으나 지금은 주군의 수하이며 주룡신이 되었소."

"……."

그런 설명을 듣고서도 당평원을 금세 이해를 하지 못했다. 개방이면 구파일방의 하나인 동시에 무림의 열 개 기둥 중에 하나이다.

그러므로 일개 도읍의 패자인 사해검문하고는 비교할 수 없는 명성과 세력을 지니고 있다.

그런 개방의 장로라면 당평원보다도 두어 단계 위의 배분이라고 할 수 있는 것이다.

무림에서 만나면 당평원이 깍듯하게 허리를 굽혀야 하는 인물이 바로 눈앞에 앉아 있다.

"하아……."

복잡한 표정의 당평원의 입에서 감탄인지 탄식인지 모를 한숨이 흘러나왔다.

개방 장로마저 수하로 거둔 화운룡이라는 인물의 깊이와 높이를 도저히 측량하기 어렵기 때문이다.

그렇지만 당평원은 일단 정신을 차리고 자리에서 일어나 공천에게 포권을 해 보였다.

"사해검문의 당평원입니다."

모든 면으로 봤을 때 그는 공천에게 깍듯할 수밖에 없다.

방금 그가 갖춘 예의는 개방 장로에게 한 것이다.

장하문이 본론을 꺼냈다.

"당 문주, 우리의 작전을 설명하겠소."

"아… 말씀하시오."

작전은 당평원이 짜고 화운룡 쪽에서는 힘을 보태는 것으로 생각하고 있었던 당평원이지만 일단 장하문의 애기를 들어보기로 했다.

"당 문주 수하들을 제외한 나머지 전원을 주살하는 것으로 결정을 했소."

당평원은 고개를 크게 끄떡였다.

"그야 당연하오."

"천외신계 녹성고수가 이백여 명이오?"

당평원이 고개를 끄떡였다.

"정확하게 이백이 명이오."

"우두머리가 누구요?"

사해검문을 장악한 천외신계 녹성고수들의 우두머리를 생각하자니 당평원은 피가 거꾸로 솟구치는 것 같았다.

"문부진(文附進)이라는 자요. 그게 그놈의 본명인지는 확실하지 않소. 하여튼 본 문의 총당주직을 맡고 있으며 그놈이 암암리에 본 문을 완전히 장악했소."

"형산파의 기현자가 소개했다는 그자요?"

"음! 그렇소."

당평원은 그 생각을 하면 울화가 치밀어 올라서 꾹 눌러 참으며 대답했다.

당평원은 자신이 가장 존경하는 형산파 장로 기현자가 소개한 문부진이 천외신계 인물이었다는 사실에 배신감을 넘어서 절망까지 느낄 정도였다.

화운룡이 가볍게 고개를 끄떡이자 공천이 엄숙한 얼굴로 당평원에게 말했다.

"일을 수월하게 처리하기 위해서 당 문주가 모를 수도 있는 사항에 대해서 간략한 설명을 하겠소."

"말씀하십시오."

"천외신계에서 천하의 장강 이남 지역을 총괄하는 곳이 형산파이며 최고 우두머리는 그곳 장문인 기풍자인데 그자는 천외신계 남성족 혹은 남족이라고 일컫는 남성고수(藍星高手)로 알려져 있소."

공천이 '알려져 있다'고 말했지만 그건 극소수의 사람들에 국한된 것이다.

또한 당평원으로서는 난생처음 듣는 내용이라서 바짝 긴장한 얼굴로 들었다.

지금의 당평원에겐 화운룡이나 장하문보다 개방 장로인 공천의 말이 훨씬 더 신빙성이 있었다.

"형산파 휘하에는 장강 이남의 각 지역을 관장하는 세 개의 중간 세력이 있으며 그들은 천태파와 황산파, 막부파라고 파악되었소. 이곳 남경은 모산파가 관할하고 있으며 모산파는 황산파 휘하에 있소."

"으음……."

당평원은 무거운 신음을 흘렸다. 처음 듣는 내용이지만 들을수록 가슴이 떨리고 오장육부가 뒤집어졌다. 그런 사실들을 자신이 까맣게 모르고 있었다는 생각을 하니까 착잡하면서도 기가 막혔다.

공천은 사전에 장하문이 해준 말을 꺼냈다.

"우리가 사해검문에 있는 천외신계 녹성고수 이백이 명과 배신자 칠백여 명을 모두 제거하고 나면 그 즉시 모산파나 황산파가 개입하여 이곳에 쳐들어올 것이오. 그것은 불을 보듯이 명약관화해서 의심의 여지가 없소. 하면 그때 당 문주는 어떻게 대처할 생각이오?"

"……."

당평원은 억눌린 표정을 지으며 아무 말도 하지 못했다. 그는 사해검문의 천외신계와 배신자들을 모조리 처치하고 나면 그걸로 끝인 줄만 알았지 모산파나 황산파가 개입할 것이라고는 꿈에도 생각해 본 적이 없었다. 그러므로 할 말이 없는 게 당연했다.

말문이 막힌 당평원은 화운룡을 쳐다보았지만 그는 담담한 표정만 짓고 있을 뿐이다.

당검비와 당한지는 이미 들어서 다 알고 있는 얘기지만 뭐라고 조언을 해줄 수 있는 입장이 아니라서 아버지가 황당한 표정을 짓는 것을 쳐다보고 있을 수밖에 없었다.

공천의 말이 이어졌다.

"당 문주가 모산파나 황산파를 상대할 아무런 방법이 없다면 사해검문을 들쑤시지 말고 이대로 놔두는 게 낫소. 벌집을 쑤셔봐야 좋을 게 없다는 얘기요."

그의 말인즉, 괜히 들쑤셔서 늑대를 피하려다가 외려 호랑이를 만나게 된다는 뜻이다.

"음······."

당평원의 이마가 잔뜩 찌푸려지고 뺨이 씰룩거리는 것을 보면 지금의 그의 심정이 어떤지 짐작이 갔다.

사해검문을 장악한 천외신계와 배신자들을 이대로 놔둔다는 것은 말도 되지 않는다.

만약 그래야 한다면 당평원은 분통이 터져서 제명에 살지 못하고 피를 토하고 죽고 말 것이다.

그렇다고 사해검문 내의 천외신계와 배신자들을 다 제거하고 나서 모산파나 황산파를 상대한다는 것은 도저히 엄두가 나지 않는 일이다.

이 지역에 있는 방파와 문파들치고 모산파나 황산파와 연결되어 있지 않은 곳이 드물고, 또 그 두 문파에서 배출한 제자들이 세운 방파와 문파들이 부지기수라서 애초부터 싸움 자체가 되지 않는다.

하지만 모산파와 황산파의 보복이 두려워서 사해검문을 해체하는 것은 당평원 자신 한 사람의 복수심을 만족시키고 나서 나 몰라라 하고 나자빠지는 것이므로 너무 무책임하고 또 허망한 일이다.

당평원은 이렇게도 저렇게도 결정을 내리지 못하고 낮은 신음 소리만 낼 뿐이었다.

공천이 못을 박았다.

"당 문주의 결정이 선행되어야지만 천외신계를 공격할 것인지 말 것인지를 결정할 수 있을 것이오."

당평원이 생각하기에도 공천의 말이 백번 옳다. 그걸 결정하지 않고 사해검문 내의 천외신계와 배신자들을 제거하는 것은 어불성설이다.

반각이 지나도록 당평원은 아무 말도 하지 못했다. 아무리 머리를 쥐어짜도 그가 생각해 낼 수 있는 방법이라는 것들은 하나같이 무의미했다.

이렇게 하자니까 저게 막히고, 저렇게 하려니까 이것 때문에 감당이 되지 않았다.

그는 헛된 궁리를 하느라 시간만 허비하고 화운룡 등을 너무 오래 기다리게 하는 것이 미안해서 마침내 착잡한 표정으로 입을 열었다.

"어떻게 하는 것이 좋겠소?"

남경과 강소성 남쪽 지방의 절대자 당평원이 스무 살 화운룡에게 간절히 도움을 청하고 있다.

당검비와 당한지는 그런 부친의 모습이 너무도 안쓰러워서 측은하게 바라보았다.

그러나 부끄럽지는 않았다. 그러기에는 화운룡이라는 존재가 너무도 거대하기 때문이다.

부친이 화운룡에게 도움을 청하는 것은 권장할 일이지 부끄러운 일이 아니다.

화운룡 대신 장하문이 조용히 말문을 열었다.

"당 문주를 따르는 수하 백이십여 명과 식솔들을 이끌고 어디 은밀한 곳으로 가서 작은 소문파라도 하나 개파하여 조용히 살아가는 방법이 있소."

당평원은 착잡한 표정을 지으며 장하문의 말을 머릿속으로 그려보았다.

"아니면 백이십여 명을 자유롭게 놔주어 제 갈 길로 가라고 하고 당 문주도 그렇게 하는 방법이 있소. 물론 이 두 가지 방법은 사해검문 내의 천외신계 세력을 제거하지 않은 상황에서 실행할 일이오."

사실 당평원은 거기까지는 생각해 보지 않았다. 애초에 모산파나 황산파를 모르고 있었으므로 그런 것을 생각할 이유가 없었다.

그러나 장하문의 말을 듣고 보니까 지금으로선 그 두 가지 방법밖에 없는 것 같았다.

장하문이 물었다.

"요즘 태극신궁은 어떻소?"

당평원은 씁쓸한 표정을 지었다.

"태극신궁에서는 현재 공사하고 있는 태사해문이 완공되면 두 문파가 정식으로 합병하자는 쪽으로 밀고 있는데 지금은 그럴 상황이 아니오."

"내 생각이지만 태극신궁도 천외신계가 장악했을 것이오. 다만 천외신계가 전면에 나서지 않고 있을 뿐이오."

당평원은 적잖이 놀랐다.

"태극신궁의 강 궁주가 그걸 알고 있소?"

"우리도 추측만 하고 있을 뿐이오. 짐작하건대 태극신궁 강 궁주도 지금 당 문주와 비슷한 입장이 아니겠소?"

당평원은 '어?' 하는 표정을 지었다가 곧 씁쓸하게 고개를 끄떡였다.

"그럴 것이오. 하지만 지금은 태극신궁이나 합병에 신경 쓰고 싶지 않소."

"아마 사해검문과 태극신궁의 합병은 천외신계의 의도일 것이오. 그렇게 해서 춘추십패를 만들어 자연스럽게 안휘성과 강소성 남쪽 지역을 장악하자는 것이 아니겠소? 그때가 되어야지만 천외신계가 표면에 드러날 것이오."

장하문은 아직 시기상조라서 당평원에게는 천외신계의 천마혈계에 대해서 말하지 않았다.

"그… 런 것이었소?"

"내 짐작이지만 그럴 가능성이 매우 크오."

"허어……."

거기에서 다시 대화가 끊어졌다.

당평원으로서는 방법이 없으며 물러설 곳도 없다.

그래서 조금 전에 장하문이 제시한 두 가지 방법, 즉 자신을 따르는 수하들을 이끌고 다른 곳으로 가서 소문파라도 개파하는 것과 이대로 뿔뿔이 흩어지는 것 중에서 하나를 선택할 수밖에 없을 것 같았다.

맥맥히 팔 대(代)를 이어져 내려온 사해검문을 자신의 대에서 해체한다고 생각하니까 당평원은 기가 막히고 참담하기 짝이 없었다.

"나는 내가 살고 있는 지역을 평화롭게 만들고 싶소."

그때 문득 화운룡이 조용하게 입을 열었다.

이제부터 화운룡이 하려는 얘기는 장하문하고 진지하게 의논을 했던 것이다.

화운룡이 처음 말문을 열었기에 당평원을 비롯한 모두들 귀를 기울였다.

이 시점의 화운룡은 이곳에 있는 모든 사람의 꼭대기 정점에 앉아 있었다.

"나와 가족들이 있는 곳을 중심으로 반경 백 리 이내를 평화지역으로 만들 생각이오."

당평원은 바짝 긴장했다.

비룡은월문이 있는 태주현에서 남경성까지는 칠십여 리 거리니까 반경 백 리 안 평화지역에 속한다.

화운룡은 이 얘기를 장하문, 공천하고만 의논했다.

"평화지역 안에는 당연히 천외신계가 없어야 하고 절대로 들어오지 못하게 할 것이오."

그의 말에 당평원은 비로소 어떤 일말의 희미한 희망이 보이는 것을 느꼈다.

그는 자신이 지금 쳐다보고 있는 화운룡이 점점 더 커지고 있으며 그에게서 광휘가 뿜어지는 듯한 착각을 느꼈다.

"나와 가족들이 안전하기 위해서는 최소한 반경 백 리 이내에 천외신계는 물론이고 사마외도(邪魔外道)가 일체 존재해서는 안 되오."

화운룡이 방금 지정한 반경 백 리 이내의 사해검문에는 천외신계가 똬리를 틀고 있다.

화운룡이 당평원의 고민을 한꺼번에 씻어주는 파격적인 제안을 했다.

"우리가 귀 문의 천외신계를 주살할 테니까 당 문주께선 우리에게 합류하시오. 같이 이 땅을 지킵시다."

"……."

전격적인 제안이다. 당평원은 화운룡이 설마 이런 제안을 할 것이라고는 예상하지 못했다.

당평원은 조금 전에 보였던 일말의 희망이 비로소 커다랗게 실체를 드러내는 것을 느꼈다.

문득 당평원은 당검비와 당한지를 쳐다보았다. 자식들에게 어떻게 하면 좋겠느냐고 묻는 것은 아니지만 괜히 시선이 그들에게 향했다.

그런데 이쪽을 보고 있는 당검비와 당한지가 환한 표정으로 힘껏 고개를 끄떡였다.

우리에게 합류해서 같이 이 땅을 지키자는 화운룡의 제안을 수락하라는 것이다.

당평원의 얼굴에도 미소가 피어났다. 언제나 철없는 어린 자식들인 줄만 알았는데 지금 이 순간에는 자식들이 무엇보다도 큰 힘이 되어주었다.

그는 화운룡에게 깊이 허리를 굽히며 힘차게 말했다.

"부디 거두어주십시오."

그의 말투도 변했다.

화운룡이 당평원을 부축했다.

"예를 거두시오."

천외신계 녹성고수 무공 수위가 사해검문 당주보다 반 수 정도 위라는 장하문의 말을 당평원과 그의 측근들은 도통 믿으려고 들지 않았다.

그래서 당평원이 사해검수들을 이끌고 비룡은월문을 공격하고 있을 때 그걸 감시하고 있던 녹성고수를 만공상판이 삼십여 리나 추격해서야 어렵게 제압했던 일을 상기시켜서야 당평원은 겨우 그 사실을 인정했다.

만공상판은 무림에서 가장 고강한 백무신 중에 한 명이다.

"그걸 잊고 있었소."

장하문이 그 얘기를 꺼낸 의도는 사해검문 내의 천외신계 고수들을 처치할 때 당평원과 그의 수하들이 별로 도움이 되지 못한다는 사실을 일깨워 주려는 의도에서다.

"총당주는 어디에 있소?"

"무쌍전(無雙殿)이 그놈 문부진의 거처요. 측근 이십 명과 함께 기거하고 있소. 그들을 뭉뚱그려서 무쌍검수(無雙劍手)라고 부르오."

좌락…….

현재 당평원이 가장 신임하는 뇌검당주 반소창(班昭倉)이 탁자에 커다란 종이를 펼쳤다.

그것은 사해검문 내부의 상세한 지도인데 반소창이 무쌍전을 비롯한 몇 군데 전각을 차례로 짚었다.

"무쌍전을 중심으로 이곳과 이곳, 이곳 다섯 개 전각에 이백이 명이 분산 거주하고 있습니다."

당평원이 화운룡에게 극도로 공손해졌기 때문에 그의 측근들은 두말할 필요가 없다.

화운룡이 긴 손가락을 뻗어 무쌍전을 짚었다.

"최초의 공격으로 여긴 내가 처리할 테니까 그 옆의 전각 이곳을 십삼룡신이 맡도록 하라."

이어서 화운룡은 죽 늘어서 있는 십사룡신을 한차례 쓸어보고 나서 당한지에게 시선을 멈추었다.

"지아가 나하고 무쌍전에 간다."

당한지는 그게 무얼 의미하는지 생각하지도 않고 그저 자신이 화운룡에게 선택됐다는 사실만으로 혼절할 것처럼 기뻐서 냉큼 힘차게 대답했다.

"네!"

그러나 화운룡의 말에 당한지를 제외한 모든 사람이 움찔 놀라며 염려하는 표정을 지었다.

이번에는 화운룡에 대해서 누구보다 잘 알고 있는 장하문
마저도 이해할 수 없다는 표정을 지었다.

"주군, 문부진이라는 자는 모르긴 해도 최하 삼녹성고수(三
綠星高手)일 겁니다. 그리고 측근들이라면 양녹성고수도 있을
텐데 괜찮으시겠습니까?"

천외신계 최고 지존 여황 일족과 제자, 좌우호법 일가가 천
황족이다.

그리고 '초'부터 '존'까지 세 등급 신조삼위는 천신족(天神族)이
며 그 아래 '금'부터 '녹'까지 색성칠위는 천외족(天外族)이라고 한
다.

최하급인 녹족, 즉 녹성족은 목 뒤의 표시인 녹성문이 하나
가 새겨져 있으면 하급이고 두 개면 중급, 세 개면 상급, 네 개
면 특급이다.

하급은 최일선에서 전투를 담당하고, 중급은 양녹성고수이
며 백 명의 녹성고수를 거느리고, 상급은 삼녹성고수로서 천
명의 수하를, 사녹성고수인 특급은 만 명의 우두머리다.

녹성족에는 최상위 특급이 다섯 명뿐이다.

그러므로 손가락 계산으로도 무쌍전에 있다는 문부진이라
는 삼녹성고수는 녹성고수보다 최소한 세 배는 고강할 것인
데, 무공이 없는 상태나 마찬가지인 화운룡이 달랑 당한지 한

명만 데려가서 그들을 처치하겠다는 것이다.

그러나 화운룡은 장하문을 비롯한 모두의 염려를 일소(一笑)에 붙이고 할 말을 계속했다.

"우리가 한 번에 두 개의 전각을 청소하는 동안 당 문주와 백이십여 명의 검수는 전각 밖을 포위하여 도주하는 자들을 처치하시오."

당평원은 장하문을 쳐다보았다. 장하문의 얼굴에 걱정하는 표정이 지워지지 않고 있어서 당평원은 더 걱정스러웠다.

"어쩌시려는 겁니까?"

화운룡은 빙그레 미소 지었다.

"나하고 지아가 힘을 합치면 무적이오."

장하문과 십이룡신들은 화운룡과 당한지의 무위를 잘 알고 있는 터라서 그의 호언장담이 제대로 귀에 들어오지 않았다.

화운룡과 당한지는 무쌍전의 전각 입구로 나란히 당당하게 걸어갔다.

그리고 무쌍전에서 왼쪽으로 십오 장쯤 거리에 나란히 있는 이 층 전각의 뒤쪽과 양쪽으로 장하문과 공천을 비롯한 십삼룡신이 잠입하기 위해서 대기하고 있는 것은 여기에서는 보이지 않았다.

또한 당평원을 비롯한 백이십삼 명의 사해검수들이 어둠 속에서 두 채의 전각을 삼엄하게 포위한 상태로 만반의 준비를 갖춘 채 대기하고 있었다.

화운룡은 산책이라도 나온 것처럼 걸어가면서 당한지를 보며 나직하게 말했다.

"내가 너와 일심동체가 돼야 한다."

'일심동체'라는 말에 당한지는 깜짝 놀라면서 갑자기 얼굴이 화끈거렸다.

이틀 전에 화운룡의 예지력을 키우려고 서로 힘껏 끌어안은 것으로도 모자라서 깊은 입맞춤을 했던 것이 불현듯 생각났기 때문이다.

그때 화운룡은 그렇게 해서라도 당한지가 처하게 될 죽음의 상황에 대해서 조금이라도 더 알아내려고 애썼다.

하지만 그런 예지력이 없는 당한지는 그저 십팔 세 소녀의 감성과 몸의 느낌에 충실했을 뿐이다.

화운룡과 깊은 입맞춤을 나눌 때 그녀는 그만 정신이 아득해져서 그대로 혼절하는 줄만 알았다.

두 사람이 몸부림치면서 깊은 입맞춤을 한다는 행위가 십팔 세 소녀에겐 감당하기 어려운 날카로운 첫 경험과 흥분을 던져주었다.

그러나 화운룡은 그만 잡생각은 일체 하지 않고 그저 덤덤하게 자신의 할 말만 했다.

"양체합일법(兩體合一法)이라고 하는 것인데 너는 공력을 일으켜서 나한테 주입하면 된다. 그럼 내가 네 공력을 사용하여 적을 상대하는 것이다."

"아……."

당한지는 상념에서 깨어나 놀란 얼굴로 화운룡을 바라보면서 물었다.

"저는 공력만 끌어 올리면 되나요?"

"내 양쪽 발등에 올라서서 두 팔을 뒤로 돌려 내 몸을 붙잡아야 한다. 명심할 것은 내게서 떨어지면 안 된다. 그러면 공력이 단절돼서 우리 둘 다 곤경에 처하게 될 것이다."

당한지가 신기한 듯 쳐다보자 화운룡이 걸음을 멈추고 빙그레 미소 지었다.

"해봐라."

당한지가 어깨 넓이로 벌린 화운룡의 양쪽 발등에 그를 등진 상태로 올라서서 두 팔을 뒤로 돌려 그의 몸을 안았다.

그녀는 뒷머리와 등이 화운룡의 몸에 닿자 부끄러웠다.

그녀는 키가 화운룡의 턱 아래에 이르고 몸이 가늘어서 그의 체구에 비해 절반 정도다.

그래서 화운룡이 그녀를 선택한 것이다. 키가 작아서 시야를 가리지 않고 몸집이 작아서 무겁지 않으며 행동하는 데 부담이 없을 것이기 때문이다.

그런데 키가 작다 보니까 그녀가 두 팔을 뒤로 돌리자 그의 허리를 안게 되었다.

당한지는 작은 손으로 그의 허리를 안은 상태여서 부끄러움 때문에 온몸의 피가 얼굴로 다 몰려들고 심장이 가슴을 뚫고 튀어나올 것만 같았다.

그게 얼마나 극심했는지 그녀는 이러다가 자신이 죽을 수도 있을 것 같다는 생각이 들었다.

그녀는 십팔 세치고는 작은 키가 아니지만 화운룡이 워낙 키가 크다 보니까 상대적으로 작은 것이다.

그렇지만 그녀는 아직 십팔 세 소녀라서 한창 자라고 있는 중이므로 이삼 년만 더 지나면 화운룡이 더 이상 발등에 태우고 양체합일법을 전개하지 못할지도 모른다.

무쌍전 전각 입구 양쪽에는 두 명의 고수가 지키고 있으며 그들은 천외신계 녹성고수로 분류되었다.

당한지는 전방에 녹성고수가 있든지 말든지 그저 이 순간만큼은 화운룡을 자신이 온전히 다 차지한 것 같아서 기분이 최고조에 달했다.

전각 입구가 오 장 거리로 가까워지자 아무것도 두려울 게 없는 당한지가 전각 입구를 지키는 두 명의 녹성고수를 바라보며 종알거렸다.

"저들은 어떻게 하죠?"

"죽여야지."

"거리가 너무 머니까 가까이 가서 죽일 건가요?"

전각 입구를 지키는 녹성고수들이 들을 텐데도 화운룡과 당한지는 거리낌 없이 태연하게 대화했다.

당한지가 무영장이나 항룡지를 전개하려면 최소한 일 장까지 가까이 다가가야만 한다.

"자, 이제 공력을 일으켜서 네 두 손을 통해 내 몸에 공력을 주입시켜라."

화운룡의 말에 당한지는 잔뜩 끌어 올리고 있던 공력을 즉시 두 손으로 발출했다.

그녀가 잡고 있는 것이 화운룡의 허리였으므로 그곳을 통해서 그녀의 팔십 년 공력이 화운룡에게 노도처럼 주입되었다.

그러면서도 당한지는 묘한 희열과 기쁨을 만끽했다.

'어머머! 미치겠어! 내가 주군의 허리에 공력을 주입하고 있는 거야!'

꾀꼬리처럼 목청껏 노래라도 부르고 싶은 심정이다.

그렇지만 이런 상황에서도 화운룡은 아무런 감흥이 없다. 여자에 대한 그런 완벽한 무감각이 그를 팔십사 세까지 동정 숫총각으로 유지시켜 준 원동력이라고 할 수 있었다.

그 역시 삼십오 년 공력을 끌어 올렸으므로 두 사람의 공력이 합쳐지자 백십오 년이라는 굉장한 공력이 되었다.

전각 입구를 지키는 두 명의 녹성고수는 자기들끼리 뭐라고 속삭이면서 점점 다가오는 화운룡과 당한지를 잔뜩 경계하면서 언제라도 출수할 태세를 갖추었다.

그들은 다가오는 사람 중에 소문주 당한지가 있지만 그녀에게 소문주를 대하는 예를 취하지도 않았다.

그러는 것만 봐도 무쌍전이 어떤 곳인지, 그리고 천외신계 족속들이 사해검문을 개발싸개 정도로 생각하고 있다는 사실을 알 수 있을 것 같았다.

화운룡은 걸어가면서 슬쩍 오른손을 앞으로 뻗어 검지와 중지를 가볍게 퉁겼다.

순간 그의 손가락에서 반딧불이 같은 흐릿한 불빛이 반짝이는가 싶더니 전각 입구를 지키고 있는 두 명의 녹성고수의 몸이 움찔 떨렸다.

스읏—

그와 동시에 화운룡의 몸이 쏘아낸 화살보다 더 빠른 속도로 쏘아 나가더니 뒤로 쓰러지고 있는 녹성고수 두 명을 두 손으로 가볍게 잡았다.

'아아……'

화운룡이 얼마나 빠른 속도로 쏘아갔는지 당한지는 몸이

뒤로 젖혀지면서 화운룡의 몸에 찰싹 붙여졌다. 그래서 그녀는 더욱 힘주어 그의 허리를 움켜잡았다.

당한지는 방금 전에 화운룡이 뻗은 손가락 끝에서 흐릿하게 반짝이는 불빛을 보았다.

단지 그것뿐인데 무려 오 장 거리에 있는 녹성고수 두 명이 신음 소리조차 내지 못하고 제압된 것이다.

화운룡은 잡고 있는 두 명의 녹성고수를 바닥에 앉혀서 내려놓으며 전음을 보냈다.

[시작해라.]

여기에서 십오 장에서 삼십 장 거리에 대기하고 있는 십삼룡신들이 화운룡의 전음을 듣는 순간 일제히 목표로 삼은 전각 안으로 진입을 개시했다.

당한지가 얼른 녹성고수들을 보자 그들은 눈을 부릅뜨고 있는데 두 눈 사이 미간에 손톱 크기의 구멍이 뻥 뚫렸으며 피는 한 방울도 흐르지 않았다.

당한지는 미간의 상흔을 보고 그것이 자신들이 배운 항룡지라는 사실을 깨달았다.

'아아… 항룡지는 정말 굉장하구나……!'

당한지가 감탄하고 있을 때 화운룡이 굳게 닫혀 있는 무쌍전의 커다란 문을 천천히 밀자, 아무런 기척도 없이 문이 안으로 밀려들어 가듯 느릿하게 열리고 그는 제집인 양 컴컴한 안으로 미끄러져 들어갔다.

　무쌍전 외곽에서 포위망을 구축하고 있는 백이십여 명을 지휘하는 당평원은 방금 전에 화운룡과 당한지가 무쌍전으로 진입하는 과정을 지켜보았다.

　그가 무쌍전 전각 입구를 눈을 부릅뜨고 안력을 최대한으로 돋우어 주시하자 전각 입구 양쪽에 퍼질러 앉아 있는 두 명의 녹성고수 모습이 또렷하게 보였다.

　당평원은 곧 그들의 미간에 손톱 크기의 구멍이 뚫려 있는 것을 발견했으며 그것이 그들을 신음도 지르지 못하게 즉사시켰다는 사실을 알게 되었다.

　'저렇게 먼 거리에서 지풍이라는 말인가?'

　당평원의 상식으로는 오 장 거리에서 지풍을 발출하여 적을 살상하려면 최소한 백 년 이상의 공력을 지녀야지만 가능한 일이다.

　하지만 당평원이 깜빡 잊은 것이 있다. 오 장 거리에서 발출할 정도라면 지풍이 아니라 그보다 한 차원 높은 지공(指功)이라고 해야 맞는 말이다.

第八章

십절무황의 부활

[지아, 호흡을 정지해라.]

화운룡의 전음을 듣자마자 당한지는 즉시 귀식대법으로 호흡을 멈추었다.

무쌍전에 있다는 삼녹성고수 등은 호흡 소리만으로 침입자의 존재를 감지할 것이다.

무쌍전 안으로 들어선 화운룡은 청각을 돋우어 적들이 어디에서 무엇을 하고 있는지 감지해 보았다.

무쌍전은 이 층으로 이루어졌으며, 그는 아래층에 일곱 명, 이 층에 열다섯 명이 있다는 사실을 간파했다.

무쌍전에는 총당주 문부진과 무쌍검수 이십 명이 있다고
했는데 그보다 한 명이 더 많았다.

아래층의 일곱 명은 한 군데에서 술을 마시고 있는 것 같으
며 이 층의 열다섯 명은 여러 방에 흩어진 상태에서 더러는
자고 더러는 깨어 있었다.

하지만 화운룡은 총당주 문부진이 어디에 있는지는 알아내
지 못했다.

어쨌든 상관없는 일이다. 닥치면 죽이든가 제압하면 될 테
니까 말이다.

일단 아래층에서 술을 마시고 있는 일곱 명부터 처치하기
로 마음먹고 놈들의 기척이 나는 곳으로 다가갔다.

당한지는 자신들이 전진하고 있는데도 추호의 기척이 나지
않는 이유가 대체 무엇인지 궁금해서 아래를 내려다보다가 깜
짝 놀라고 말았다.

화운룡의 두 발이 바닥에서 반 자 정도 허공에 떠 있으며
그가 한 걸음 내디딜 때마다 빠르게 일 장씩 슥슥 미끄러져서
나아가고 있었다.

'도대체 이건 무슨 신법이지?'

당한지는 경악을 넘어서 경이로움이 샘솟았다.

지금 화운룡은 무극사신공의 사신신법 중에 보법인 용신보
를 전개하고 있다.

용신보는 무림에서 절정이라고 하는 거의 모든 보법을 총망라한 보법의 최고봉이다.

십절무황 시절의 화운룡은 용신보를 극성으로 터득했기에 삼십여 장 이내에서는 단지 마음먹은 것만으로 목적한 장소에 찰나지간에 이동할 정도였다.

화운룡과 당한지의 백십오 년 공력으로 용신보를 전개하면 잔잔한 미풍보다 더 조용하게, 그리고 빠르게 어디로든지 이동하게 된다.

물론 당한지가 자신의 공력을 화운룡에게 주입시키고 있기 때문에 가능한 일이다.

화운룡은 복도를 미끄러지다가 여러 개의 방 중에서 어느 문 앞에 추호의 기척도 없이 멈추었다.

문 안쪽에서는 잔에 술 따르는 소리와 두런두런 말하는 소리, 웃음소리 등이 섞여서 흘러나왔다.

이제 곧 삼녹성고수와 양녹성고수를 포함한 일곱 명의 녹성고수들을 한 번에 상대하게 될 텐데도 화운룡은 추호도 긴장하는 모습이 아니다.

당한지는 화운룡이 어떻게 할지 몹시 궁금해서 눈도 깜빡이지 않고 지켜보았다.

그녀는 화운룡의 진실한 내력에 대해서는 잘 모르지만 그가 무언가를 하기만 하면 완벽하게 처리한다는 사실을 잘 알고 있다.

그녀의 온몸을 추궁과혈수법으로 두드리고 쓰다듬어 생사현관을 타통시킨 것이나, 아직 진가가 채 일 할도 드러나지 않은 굉장한 절학들을 끊임없이 창안해서 측근들에게 가르쳐 주는 것, 그리고 인간이라면 절대로 행할 수 없는 능력, 즉 미래를 보는 예지력까지 지니고 있는 그가 아닌가.

당한지는 자신이 이 세상에 태어나서 처음으로, 그리고 죽을 때까지 무한하게 존경하고 사모하게 될 남자가 과연 어떻게 천외신계의 고수들을 죽이는지 한순간도 놓치지 않고 지켜보고 싶었다.

척!

이윽고 화운룡이 문을 열고 안으로 성큼 걸어 들어갔다. 경계한다거나 머뭇거림은 일체 없는 행동이다.

당한지는 몹시 긴장하여 두 손으로 그를 더욱 힘껏 끌어안았는데 그 바람에 그가 가볍게 움찔했다.

하지만 극도로 긴장하고 있는 당한지는 거기까지 생각할 여유가 없이 재빨리 실내를 살폈다.

널찍한 실내의 오른쪽 창 앞에 놓인 탁자에 경장 차림의 일곱 명이 둘러앉아서 술을 마시고 있다가 들어서고 있는 화운룡과 당한지를 쳐다보았다.

갑자기 낯선 사람이 문을 열고 불쑥 들어왔는데도 그들 일곱 명은 조금도 놀라지 않았다.

그것만 봐도 그들이 얼마나 대단한 고수들인지 미루어 짐작할 수 있다.

원래 실력이 있으면 있는 만큼 웬만한 일로는 결코 놀라지 않는 법이다.

그들 일곱 명은 웬 훤칠하게 잘생긴 청년이 발등에 소문주 당한지를 얹은 희한한 자세로 들어섰기 때문에 놀라기는커녕 약간 어리둥절한 표정을 지었다.

심지어 그들은 소문주인 당한지를 보고도 일어나서 예를 취하지 않았다.

뿐만 아니라 화운룡과 당한지가 광대 패거리인 것처럼 손가락질하면서 저들끼리 낄낄거렸다.

화운룡은 재빨리 상황을 판단했다. 늦은 밤에 무쌍전에서 술을 마신다는 것은 보통 수하인 무쌍검수들끼리는 흔하지 않은 일일 것이다.

그러므로 이 자리에 문부진, 즉 삼녹성고수가 있을 것이라고 판단했다.

화운룡의 시선이 탁자 둘레에 앉아 있는 일곱 명 중에서 한 사내에게 고정되었다.

그자는 풍기는 기도나 앉아 있는 위치, 입고 있는 복장이 다른 여섯 명과 달랐으며, 점잖고 느긋하게 앉아 있는 자세가 영락없는 우두머리 삼녹성고수의 그것이다.

길게 끌고 싶지 않은 화운룡은 즉시 오른손으로 어깨의 무황검을 잡았다.

그러자 앉아 있는 일곱 명은 흠칫하면서 다급히 손을 올려 자신들의 어깨의 검을 잡아 갔다.

그러나 그들 중에 어느 누구도 검을 뽑지 못했다.

번쩍!

"끅……."

"컥……."

"흑……."

흐릿한 푸른 검광이 실내의 허공을 물들이는가 싶은 순간 답답한 신음 소리가 한꺼번에 터지면서 일곱 명이 그 자리에 그대로 굳어버렸다.

한 명, 화운룡이 문부진이라고 지목한 자는 움찔 놀라서 몸을 들썩거렸다.

화운룡이 직감했던 대로 그가 바로 총당주 문부진 삼녹성 고수였다.

그의 눈은 매우 빠른 편이어서 화운룡이 검을 반쯤 뽑는 것 같더니 그냥 다시 꼽고 오른손을 내리는 것을 보았다. 하지만 화운룡이 그사이에 이미 검법을 전개했다는 사실은 미처 깨닫지 못했다.

삼녹성고수 정도 되니까 그거라도 목격한 것이지 녹성고수들은 아예 아무것도 보지 못했다.

삼녹성고수가 방금 몸을 들썩거린 것은 자신들이 공격당했다고 느꼈기 때문이다.

그래서 거기에 대처하려고 급히 일어서면서 재빨리 어깨의 검을 뽑아 반격하려고 했는데 어떻게 된 일인지 몸이 말을 듣지 않았다.

"······."

그뿐만이 아니라 말을 하려고 하는데 입술만 달싹거릴 뿐이지 말이 나오지 않았다.

'대체 언제······.'

그제야 그는 자신의 혈도가 제압됐다는 사실을 깨닫고 뒤늦게 등골이 쭈뼛할 정도로 놀랐다.

그때 삼녹성고수를 제외한 탁자 둘레에 앉아 있던 여섯 명이 우르르 바닥에 무너지듯이 쓰러졌다.

우당탕! 쿠쿵!

그들은 어깨의 검을 뽑으려고 오른손을 어깨로 가져가는 동작 그대로 굳었으며 얼굴에는 매우 놀라는 듯한 표정이 가득 떠올라 있었다.

갑작스러운 상황에 놀라기는 당한지도 마찬가지다.

그녀가 눈을 커다랗게 뜨고 살펴보니까 바닥에 쓰러져 있는 여섯 명의 미간에는 한 치 길이의 깊고 미세한 검흔이 흐릿하게 새겨져 있었다.

'도대체 언제……'

그녀는 화운룡 앞에 몸 뒷면을 밀착시키고 있는 탓에 그가 어깨의 검을 잡는 것조차 보지 못했다.

사실 이 방에 있는 자들은 삼녹성고수를 비롯하여 양녹성고수가 두 명이나 속해 있었다.

사해검문에 은둔해 있는 이백이 명의 천외신계 족속들 중에서 가장 고강한 세 명이 이 중에 속해 있었지만 상대가 화운룡이라는 사실이 그들에겐 비극이었다.

방금 전에 화운룡은 청룡전광검 일초식 '청비'를 전개하여 여섯 명을 한꺼번에 죽인 것과 동사에 삼녹성고수의 혈도를 제압했다.

각기 다른 위치에 앉아 있는 일곱 명을, 그것도 여섯 명의 미간에 정확하게 검흔을 새기고 동시에 삼녹성고수는 혈도를 제압하는 경이로운 일이 당한지 눈앞에서 벌어졌다.

화운룡은 청비를 발휘하여 아홉 줄기 검기를 뿜어내서 여섯 줄기 검기로 여섯 명을 죽이고 세 줄기로 삼녹성고수의 혈도를 제압한 것이다.

"아아… 굉장해요……."

당한지가 너무 흥분해서 두 손에 더욱 힘을 주자 참지 못하고 화운룡이 말했다.

"인석아, 허리 끊어지겠다."

"아… 미안해요."

당한지는 깜짝 놀랐으나 곧 변명 아닌 변명을 했다.

"꽉 잡지 않으면 주군에게서 떨어질 것 같아서요."

그녀는 얼굴을 붉히면서도 혀를 쏙 내밀었다.

측근의 여자들이 다들 화운룡을 몹시 존경하고 사모하고 있지만 그의 허리를 안고 마음껏 주물럭거리는 사람은 세상천지에 자신뿐이라는 생각이 들자 세상을 다 가진 것만 같았다.

"헤헤, 주군 허리 정말 탄탄해요."

"안 되겠다. 지아, 너 업혀라."

화운룡은 자세 교체를 명령했다.

화운룡이 당한지를 업고 방에서 나와 이 층으로 오르는 계단이 있는 곳으로 다가가자 때마침 이 층에서 계단을 통하여 무쌍검수들이 쏟아져 내려오고 있는 중이다.

조금 전에 화운룡이 삼녹성고수를 제외한 여섯 명을 죽였을 때, 그들이 바닥에 한꺼번에 쓰러질 때 발생한 소음을 감지한 것이다.

무쌍검수들은 화운룡을 발견하자 계단을 달려 내려오던 자들은 물론이거니와 아직 이 층에 있는 자들까지 한꺼번에 난

간을 날아 넘어서 검을 뽑으며 곧장 화운룡을 공격해 오는데 일사불란한 동작이다.

차차창!

녹성고수 열다섯 명 합공의 기세는 대단했다. 또한 이런 식의 합공은 결코 중원무림의 합공 방식이 아니다.

중원무림의 합공은 몇 개의 일정한 기본 틀이 있으며 거기에서 벗어나는 법이 없는데, 이들은 전혀 색다른 합공을 전개하고 있다. 그것만 봐도 이들이 천외신계 족속이라는 사실을 알 수 있다.

콰아앗!

열다섯 명이 검으로 찌르고 그어오는 공격 소리가 태풍이 휘몰아치는 것처럼 허공을 떨어 울렸다.

"아······."

화운룡 등에 업혀서 그 광경을 바라보는 당한지는 경악을 넘어서 망연자실하여 자신도 모르게 탄성을 터뜨리며 온몸으로 화운룡을 힘껏 끌어안았다.

그녀로선 열다섯 명이나 되는 이런 엄청난 합공을 보는 것은 물론이고 직접 당면하기는 난생처음이라서 온몸이 바싹 오그라들었다.

그러나 화운룡에게 지금 같은 상황은 아무것도 아니다. 그가 무적검신이며 십절무황이었던 시절에 겪은 위급했던 상황이 만약 만 번이었다면 지금 같은 상황은 거기에 속하지도 못하며 명패조차 내밀지 못하는 수준이다.

화운룡은 아래층 대전 한가운데 우뚝 서서 왼손으로 당한지의 엉덩이를 받치고 오른손으로 무황검을 잡았다.

그로서는 이 층에 있는 녹성고수 열다섯 명을 일일이 찾아다니면서 죽이는 것보다 지금처럼 합공하는 것을 한꺼번에 죽이는 편이 수고를 더는 것이다.

"주군……."

당한지는 무슨 말을 하려는 게 아니라 너무 겁이 난 나머지 두 팔로 화운룡의 목을 꼭 안았다.

화운룡은 왼손으로 받치고 있는 당한지의 엉덩이를 툭툭 두드리며 말했다.

"지아, 비룡운검을 펼칠 테니까 잘 봐라."

"네, 주군."

"일초식이다."

"……."

화운룡의 자상한 설명에 당한지는 의아한 생각이 들었다. 어떤 무공이나 다 그렇듯이 비룡운검 역시 일초식이 가장 약하며 십초식이 제일 위력적이기 때문이다.

그런데 화운룡은 한꺼번에 열다섯 명의 무쌍검수, 아니, 녹성고수들의 합공을 당하는 상황에서 비룡운검 일초식을 발휘하겠다는 것이다.

"비룡운검 일초식 삼변(三變)을 각 다섯 개의 해(解)로 나눌 것이다."

삼변을 다섯 개의 해로 나누면 열다섯 개가 된다.

열다섯 명의 녹성고수들은 허공 여기저기에 뜬 상태에서 똑같은 초식으로 공격해 왔다.

츰!

무황검이 뽑혔다.

그 순간 발검하자마자 무황검이 허공에 열십자를 그린 것처럼 보였다.

하지만 육안으로는 보이지 않는 빠른 속도로 열다섯 방향을 가리킨 것이다.

그와 동시에 일반 검보다 얇은 무황검의 검첨이 가늘게 떨면서 하나의 원을 그렸다.

그러니까 도합 열다섯 방향을 가리키며 열다섯 개의 원을 그린 것이다.

그러나 그것이 워낙 빨라서 눈이 날카로운 사람이라고 해도 그저 열십자를 긋는 것처럼 보일 터이다.

스우웅—

그 순간 부채가 활짝 펼쳐지듯이 열다섯 줄기의 검기가 새하얗게 뻗어나갔다.

퍼퍼퍼퍼픽!

당한지는 보았다. 부챗살처럼 뻗어나간 열다섯 줄기의 백색 검기가 허공에 떠 있는 열다섯 명의 머리를 관통하는, 차라리 아름답다고 해야 마땅할 광경을.

츠응—

화운룡은 아무 일도 없었다는 듯 무황검을 꽂았다.

쿠쿠쿠쿵! 쿵쿵!

그리고 녹성고수 열다섯 명이 둔탁하게 바닥에 떨어졌다.

그들의 미간에는 하나같이 손톱 크기의 구멍이 뻥 뚫려 있으며 피는 한 방울도 흐르지 않았다.

떨어진 녹성고수들은 눈을 까뒤집고 온몸을 부르르 떨며 경련을 일으키더니 잠시 후에 조용해졌다.

"아아……"

적막을 깨고 당한지의 입에서 탄성인지 한숨인지 모를 소리가 흘러나왔다.

"방금 그것이 정말 비룡운검 일초식이었나요?"

"모르겠느냐?"

당한지는 방금 전에 눈앞에서 펼쳐졌던 부챗살 같은 열다섯 줄기의 백색 검기를 떠올리고 눈을 깜빡거렸다.

당한지는 화운룡과 장하문을 제외하고는 십삼룡신 중에서 비룡운검을 제일 잘 이해하고, 또 잘 전개한다.

그녀가 다시 곰곰이 생각해 보니까 자신이 비룡운검 일초식을 최고로 잘 전개했을 때보다 열 배 정도 더 잘하면 방금 화운룡의 초식이 나올 것 같았다.

"방금 그것은 비룡운검 일초식의 최절정인 것 같군요."

그렇게 말하고 나서 당한지는 화운룡이 어째서 자신을 지목해서 데리고 왔는지 또 하나의 이유를 깨달았다. 비룡운검을 제일 잘 전개하는 그녀에게 비룡운검의 진실한 위력을 보여주려는 것이었다.

"저기 보십시오."

당평원 등은 극도로 긴장한 표정으로 무쌍전을 주시하고 있는데 그때 뇌검당주 반소창이 전각 입구를 가리키며 나직하고도 급히 말했다.

굳이 반소창의 말이 아니더라도 당평원은 지금 무쌍전 전각 입구로 걸어 나오고 있는 화운룡과 그의 등에 업혀 있는 당한지를 발견하고는 그들이 무시하다는 생각에 반가움이 왈칵 치밀어 올랐다.

그런데 화운룡이 누군가를 옆구리에 끼고 있었다. 화운룡은 당평원 등이 있는 방향을 쳐다보더니 고개를 끄떡이고 나서 옆구리에 끼고 있는 자를 바닥에 툭 내려놓았다.

"맙소사… 무… 문부진입니다."

이번에도 반소창이 이가 시린 듯한 신음 소리를 냈다.

당평원이 시력을 돋구어서 살펴보니까 방금 화운룡이 바닥에 내려놓은 자는 문부진이 분명했다.

혈도가 제압되었는지 문부진은 다리를 쭉 뻗고 앉은 자세에서 일그러진 얼굴로 눈을 껌뻑거리고 있었다.

형산파 장로 기현자의 소개로 사해검문에 들어와서 지난 십여 년 동안 당평원 모르게 사해검문을 장악한 암적인 존재가 바로 문부진이었다.

그런 사실을 알고 나서 당평원은 분노와 억울함 때문에 잠을 이루지 못할 정도였다.

그리고 어떻게 하면 문부진과 그의 수하 이백여 명의 천외신계 녹성고수들을 처치하여 사해검문을 되찾을 것인지 머리털이 다 빠질 정도로 고심했으나 방법이 전무했다.

그런데 화운룡이 무쌍전에 들어간 지 반각도 되지 않아서 문부진을 제압했으니 실로 기절초풍할 노릇이었다.

그것 하나만 봐도 당평원은 화운룡이 어떤 존재인지 짐작하고도 남음이 있었다.

화운룡이 당평원 쪽을 쳐다보며 전음을 보냈다.

[이자를 끌고 가시오.]

이어서 그는 조금 전에 십삼룡신이 들어간 전각을 향해 쏜살같이 쏘아갔다.

당평원은 화운룡이 무쌍전 옆 전각으로 들어간 것을 확인한 후에 무쌍전으로 내달렸다.

"가자."

그의 눈에는 문부진밖에 보이지 않았다. 통나무처럼 뻣뻣하게 굳어버린 놈이 자신의 수중에 들어왔다는 흥분 때문에 당평원은 날아갈 것만 같았다.

화운룡이 장하문을 비롯한 십삼룡신에게 특별히 당부한 것이 있었다.

녹성고수들과 싸울 때 절대로 적의 무기하고 부딪치지 말라는 것이었다.

잘 몰라서 그렇지 무기끼리 부딪치는 소리는 크고 청명해서 몇 리 밖까지 퍼져 나가고, 절정고수라면 십 리 밖에서도 그 소리를 들을 수 있다.

그러니까 일단 무기끼리 부딪치는 소리가 나면 아무리 멀리 떨어진 전각이라고 해도 다른 녹성고수들이 듣고 무더기로 몰려올 것이 틀림없다.

원래 화운룡의 용신(龍神)들이 배운 무기를 사용하는 이른바 비룡육절은 공격일변도의 구결이라서 적의 무기하고 부딪칠 일이 없지만 그래도 주의를 준 것이다.

비룡육절은 화운룡이 새롭게 창안해서 가르친 장법 무영장과 지법 항룡지, 그리고 신법인 쾌풍운과 운룡보를 보태서 비룡십절이 되었다.

화운룡과 당한지가 전각 안으로 들어섰을 때 싸움은 거의 끝나가고 있었다.

장하문과 공천을 비롯한 십사룡신은 화운룡이 예상했던 것보다 훨씬 더 잘 싸우고 있는 중이다.

이 전각에는 녹성고수들만 사십오 명이 있었는데 십삼룡신은 벌써 그들 중에 삼십여 명을 죽였다.

화운룡과 공천을 제외한 모든 용신은 이번 원정에 회천궁을 지니고 왔기 때문에 그것으로 펼치는 회천탄이 오늘 밤 급습에서 가장 큰 공을 세웠다.

용신들은 특별히 제작된 회천궁을 전각에 잠입하기 직전에 활로 변형시켰다.

변형이라고 해서 복잡하고 완성시키는 데 시간이 오래 걸리지는 않는다.

변형하기 전의 모습은 한 자 길이의 손가락 굵기 무령강과 강철을 섞은 합금으로 만든 짧으면서 약간 휘어진 단봉(短棒)이라서 품속에 휴대하기 쉽다.

단봉의 양쪽 끝에 약간 돌출된 배뢰(蓓蕾: 누름단추)를 누르면서 잡아당기면 단봉 양쪽 끝에서 같은 모습과 굵기의 단봉이 뽑혀져서 즉시 석 자 길이가 되는데, 봉의 안으로 굽어진

곳에 가느다랗고 길게 패인 곳이 있으며 거기에서 활시위를 잡아당기면 즉시 활이 된다.

회천탄은 백발백중이었다. 녹성고수들은 어느 누구도 무령강전을 피하지 못했다.

엄폐물 뒤에 숨어도 소용이 없다. 무령강전은 눈이 달린 것처럼 곡선을 그리면서 자유자재로 휘어져 녹성고수들의 급소나 몸통을 관통해 버렸다.

전각에 잠입한 직후 용신들은 몇 개의 방에 진입해 자고 있거나 다른 무엇인가를 하고 있는 녹성고수들을 용신들 각자 자신 있는 무공으로 죽였다.

그 과정에 약간의 소음이 발생했으며 그로 인해서 녹성고수들이 쏟아져 나왔지만 대기하고 있던 용신들의 회천탄에 맥을 추지 못하고 거꾸러졌다.

두 번째로 활약한 것은 전중과 조연무의 비폭도류다.

전중과 조연무는 상의 안쪽 가슴에 서른여섯 자루의 비도를 상하 두 줄로 빼곡하게 꽂은 가죽으로 만든 도곤(刀綑)을 차고 있으며, 현재 두 손으로 한 번에 여섯 자루의 비도를 쏘아낼 수 있다.

그 말은 비폭도류 한 번 발출에 최대 여섯 명까지 죽일 수 있다는 뜻이기도 하다.

비도의 손잡이 고리에는 육안으로 식별이 어려운 가느다란 강사(鋼絲)가 연결되어 있어서 표적이 피하더라도 강사를 조종하여 이차 삼차의 공격을 연결시켜서 끝까지 추적하여 반드시 죽이고 만다.

현재는 회천탄과 비폭도류에 살아남은 십육 명과 십삼룡신이 전각의 일 층 넓은 대전에서 한 덩이가 되어 치열하게 싸우고 있는 중이었다.

특기할 만한 일은 녹성고수들이 두 호흡에 한 명씩 죽고 있는데 한 명도 도망치지 않는다는 사실이다.

화운룡과 당한지가 들어와서 잠시 지켜보는 사이에 녹성고수 다섯 명이 죽었다.

녹성고수는 무림의 일류고수보다 반 수 정도 고강한 수준이지만, 그들이 싸우고 있는 용신들이 지나칠 정도로 고강해서 상대가 되지 않았다.

그런데도 녹성고수들은 도주하지 않을뿐더러 머뭇거리거나 물러서는 기색이라곤 추호도 없이 죽음을 두려워하지 않고 저돌적으로 싸웠다.

처음 이번 싸움에 임하기 직전까지 사실 용신들은 몹시 긴장했었다.

공천과 장하문을 제외하고는 모두들 실전 경험이 전무한 상황이기 때문이었다.

더구나 상대는 무림의 평범한 무사나 고수가 아닌 전설 속의 천외신계 고수들, 그것도 이백여 명이나 되기 때문에 용신들의 긴장감이 어느 정도였을지 짐작할 수 있을 터이다.

하지만 막상 뚜껑을 열어보니까 천외신계 녹성고수들은 전혀 용신들의 상대가 되지 못했다.

"흐악!"

당검비의 도가 마지막 남은 녹성고수의 정수리를 묵직하고도 빠르게 가르는 것을 끝으로 이 전각에서의 싸움이 끝났다.

용신들은 대전을 비롯한 전각 곳곳에 쓰러져 죽어 있는 녹성고수들을 둘러보면서 기쁨과 흥분을 감추지 못했다.

녹성고수 사십오 명을 자신들 십삼 명의 손으로 죽였다는 사실이 믿어지지 않았다.

십삼룡신들은 각자 마지막 싸움을 끝낸 자리에 우두커니 서서 자신들이 만들어낸 작품을 음미했다.

그러나 십이룡신보다 몇 배나 더 놀란 사람은 공천이다.

그는 장하문을 비롯한 십이룡신을 키운 사람이 화운룡이기 때문에 이들이 뭔가 특별할 것이라고 기대는 했었지만 이 정도일 줄은 전혀 예상하지 못했다.

공천이 냉정하게 봤을 때 십이룡신 각자는 공천 자신보다 한 수 위가 분명했다.

공천의 공력은 팔십 년 수준이고 개방의 무공을 두루 섭렵했기에 개방 내에서 열 손가락 안에 드는 고수다.

그런데 십이룡신은 공력 면에서나 무공으로 공천보다 압도적인 우위에 있었다.

제일 어린 십육 세 화지연조차도 공천보다 고강했다. 물론 화지연은 공력으로는 공천에 비해서 십 년 정도 열세지만 그녀가 연마한 비룡운검과 만우뢰는 공천보다 압도적으로 우위에 있었다.

그러므로 만약 공천이 화지연과 일대일로 겨룬다면 최소 삼십초식 이내에 공천이 패배할 것이다.

"잘했다."

그때 화운룡의 조용한 목소리가 모두를 상념에서 일깨웠다. 십삼룡신은 즉시 화운룡 앞에 모여 일렬로 늘어서 공손히 허리를 굽혔다.

"주군."

화운룡은 모두를 둘러보았다.

"이제 자신감이 좀 생겼느냐?"

"그렇습니다."

모두 낮게 입을 모아 대답하는데 얼굴 가득 흥분과 자신감이 넘실거렸다.

화운룡은 엷은 미소를 지었다.

"남은 녹성고수들도 그렇게 처치하면 된다."

장하문이 조심스럽게 물었다.

"무쌍전은 어찌 됐습니까?"

"삼녹성고수는 제압했고 나머지는 다 죽였네."

"잘하셨습니다."

다들 얼굴 가득 감탄하는 표정을 지으며 '과연 주군이시다!'라는 표정을 지었다.

*   *   *

축시(새벽 2시경)가 됐을 때 천외신계 녹성고수들과의 싸움이 끝났다.

십오룡신이 압도적으로 우세한 싸움이었다고는 하지만 십오룡신 대 이백이 명의 싸움이라서 싸움이 끝났을 때 십오룡신 모두는 꽤나 지친 상태가 되었다.

십오룡신 중에서도 화운룡에게 끊임없이 공력을 주입한 당한지는 기진맥진했다.

그렇지만 아직 천외신계에 협조하고 있는 사해검수 배신자가 칠백여 명이나 남아 있는 상황이므로 싸움이 완전히 끝났다고는 할 수 없다.

그나마 다행인 것은 사해검문이 꽤나 넓은 데다 녹성고수들의 거처가 한군데 모여 있다는 것.

그리고 당평원이 경계를 서고 있는 고수들을 모조리 제압한 상황이라서 배신자 칠백여 명은 현재 상황에 대해서 전혀 모른 채 깊은 잠에 빠져 있다는 사실이다.

장하문이 화운룡에게 다가왔다.

"이쯤에서 다른 방법을 써봐야겠습니다."

화운룡은 장하문이 말하는 다른 방법이 무엇인지 듣자마자 알아들었다.

"먹힐까?"

"먹힐 겁니다."

다른 용신들은 화운룡과 장하문이 나누는 대화가 무엇인지 알아듣지 못했다.

장하문이 뜬금없이 다른 방법을 쓰겠다고 하니까 화운룡은 그게 먹히겠느냐고 묻고 장하문은 먹힐 거라고 대답하니 이거야말로 선문답이나 다름이 없다.

다만 용신들은 두 사람이 배신자 칠백여 명을 처리하는 방법을 두고 대화를 하는 것이라고 추측할 뿐이다.

장하문의 말을 듣고 화운룡은 그가 사용하려는 방법으로 마음이 많이 기울었다.

배신자 칠백여 명을 분류하자면 최하 이류검사이고 절반 이상이 일류검사들이다.

여태 했던 것처럼 전각을 한 채씩 차근차근 급습해 나가면 칠백여 명을 다 죽이는 일이 가능할 것이다.

그러나 이미 많이 지쳐 있는 상태인 용신들은 칠백여 명과 싸우는 동안 점점 더 지쳐갈 것이고, 시간이 지나 마지막에 이르러서는 어쩌면 십오룡신 중에서 다치거나 최악의 경우 죽는 사람이 나올 수도 있었다.

사해검문이라는 대문파의 삼분지 이에 달하는 구백여 명을 주살하는 일은 절대로 녹록한 것이 아니다.

우리 쪽에는 항상 꽃구름만 피어오르고 적들에게는 먹구름에 천둥 번개만 치라는 법이 없다.

언제나 운명은 공평하다. 가뭄이 들면 부자는 살아남지만 홍수가 나면 부자든 가난뱅이든 다 떠내려간다.

그러므로 불행이 우리만은 피해 갈 것이라는 어리석은 기대는 하지 않는 편이 좋았다.

"좋아. 해보세."

화운룡의 허락이 떨어졌다.

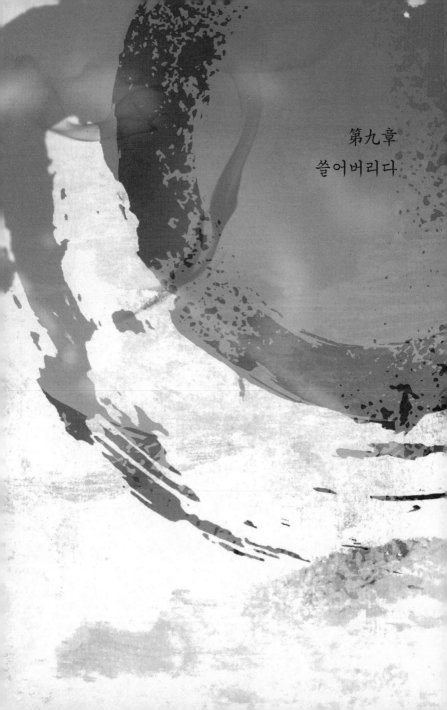

第九章
쓸어버리다

　사해검문 내에서 가장 넓은 연무장 땅바닥에 천외신계 녹성고수 이백일 명의 시체가 여러 줄로 나란히 눕혀졌다.

　당평원과 그를 따르는 사해검수들이 녹성고수들의 시체를 연무장으로 옮겨서 눕힌 것이다.

　한밤중에 환하게 불이 밝혀진 연무장 바닥에 이백여 구의 시체가 몇 줄로 눕혀져 있는 광경은 장관이면서도 섬뜩한 분위기를 연출했다.

　시체들 앞쪽 돌계단 위에는 화운룡과 장하문, 공천, 그리고 당평원이 서 있으며 돌계단 아래에 당평원의 수하 백이십여 명이 시체가 눕혀진 정면을 향해 도열해 있었다.

화운룡이 당평원에게 지시하듯이 말했다.

"시작하시오."

"네."

돌덩이처럼 굳은 표정의 당평원은 고개를 끄떡이고는 있지만 심중으로는 과연 이 방법이 먹힐지 아닐지 반신반의하고 있는 중이다.

장하문이 제시한 이 방법은 배신자 칠백여 명을 모두 연무장으로 불러내 천외신계 녹성고수들의 시체를 보여줘서 무력화시키자는 것이다.

그동안 천외신계 녹성고수들이 어떤 방법으로 사해검수들을 포섭, 회유하여 배신자로 만들었던 간에 이제는 그들이 믿고 따라야 할 녹성고수들이 모두 사라졌으므로 순순히 항복하면 목숨은 살려주고 사해검문을 떠나도 좋다는 방법을 제시할 계획이다.

화운룡은 이 방법이 성공할 확률이 절반이라고 내다보았다.

만약 배신자들이 녹성고수들의 하수인 정도로 시키는 일만 했었다면 이 방법이 성공할 것이다.

그렇지만 반대로 배신자들이 천외신계의 회유에 넘어가서 그들과 한통속이 됐다면 실패할 가능성이 크다.

자세한 것은 알 수 없지만 남경을 중심으로 이 일대는 온통 천외신계 세상이다.

아직 드러나지 않아서 그렇지 모산파를 비롯하여 적게는 수십 개, 많게는 수백 개 방파와 문파들이 천외신계 수중에 들어갔다고 해도 과언이 아닐 터이다.

그렇기 때문에 사해검문의 배신자들이 그들과 연결되어 있지 말라는 법이 없다.

연결되어 있다면 당평원과 그를 따르는 백이십여 명, 그리고 조력자로 온 화운룡을 비롯한 십오룡신 정도는 우습게 알고 공격하여 죽이려고 들 것이다.

그럴 경우에는 칠백여 명 배신자와의 한바탕 싸움을 피할 수 없게 된다.

아까처럼 전각을 하나씩 습격하여 야금야금 처리해 나간다면 승산은 완벽하게 이쪽에 있겠지만, 전면전이라면 승리를 장담할 수 없게 된다.

그렇지만 이미 화살은 시위를 떠나 허공을 날고 있으니 돌이키기는 이미 늦었다.

땡땡땡땡땡!

사해검문 전역에 요란하고 급박한 종소리가 끊어지지 않고 계속 울려 퍼졌다.

위급 상황에만 울리는 경타종(驚打鐘)이다.

이제 잠시 후면 배신자 칠백여 명이 모두 깨어나서 이곳에
모이게 될 터였다.

당평원과 수하 백이십여 명은 극도로 긴장하여 전방에 꾸
역꾸역 모여드는 배신자 사해검수들을 지켜보았다.

일이 잘못되면 생사결전이 벌어질지 모르기 때문이다.

반면에 당평원 옆에 약간 떨어져서 서 있는 화운룡과 당한
지, 장하문, 공천은 태연한 표정이었다.

화운룡과 장하문은 원래 긴장 같은 것을 모르는 성격이고,
당한지와 공천은 화운룡을 신처럼 믿고 있기 때문에 느긋할
수 있는 것이다.

그리고 이들 네 명을 제외한 십일룡신의 모습은 이 자리에
보이지 않았다.

그들은 이곳에서 일어날 수도 있는 만일의 사태에 대비해
서 은밀한 곳에서 대기하고 있는 중이었다.

마침내 칠백여 명의 배신자들이 연무장에 다 모였다.

그들은 사해검수 복장을 한 채 싸늘한 시체로 변해 있는
천외신계 녹성고수들을 발견하고는 혼비백산했으며 이후에는
심하게 동요하며 술렁거리고 있다.

장하문이 당평원에게 조용히 말했다.

"다 모인 것 같소."

돌계단 위의 당평원이 아래를 굽어보면서 우렁찬 목소리로 말문을 열었다.

"모두 들어라! 여기에 죽어 있는 이백일 구의 시체들은 천외신계의 녹성고수들이다! 이들은 본 문을 장악하여 무림을 짓밟기 위한 발판으로 삼으려고 했다!"

그의 말에 배신자 칠백여 명이 웅성거리면서 자기들끼리 뭐라고 떠들어댔다.

당평원 옆에 서 있는 뇌검당주 반소창이 버럭 외쳤다.

"조용하라!"

당평원은 한층 목소리를 높였다.

"녹성고수들은 단 한 명을 남기고 모두 죽었다!"

당평원의 말이 끝나자 뇌검당 부당주 능한웅이 앞으로 당당하게 걸어 나오는데 어깨에 혈도가 제압된 문부진 삼녹성고수를 메고 있다.

능한웅은 삼녹성고수를 내려서 자신의 옆에 세우고 뒷덜미를 잡았다.

연무장 시체 주위에 서 있는 칠백여 명은 얼마 전까지만 해도 자신들의 최고 우두머리였던 삼녹성고수가 제압된 모습을 발견하고 크게 놀라는 표정을 감추지 못했다.

당평원이 문부진 삼녹성고수의 머리에 손을 얹더니 툭툭

치면서 말했다.

"이제 선택해라! 항복하면 무엇을 하든 들어줄 테지만 반항한다면 죽음뿐이다!"

"네 이놈, 당평원! 감히 존위(尊位)께 무슨 짓을 한 것이냐?"

바로 그 순간 돌계단에서 그리 멀지 않은 앞쪽에서 한 명이 번쩍 신형을 날려 돌계단 위를 향해 쏘아오며 대갈일성을 터뜨렸다.

당평원은 그자가 승검당주(昇劍堂主) 위자량(魏資諒)이라는 것을 한눈에 알아보았다.

위자량은 허공중에서 어깨의 검을 뽑으며 쩌렁하게 외쳐 칠백여 명의 배신자들을 부추겼다.

"무엇들 하느냐? 모두 공격하라! 저놈들을 죽이고 본 계의 남경지부를 바로 세우자!"

그렇게 말하는 것으로 미루어 위자량은 천외신계에 회유당한 것만이 아니라 자발적으로 앞장선 것이 분명했다.

그의 외침에 배신자들이 동요하며 술렁거렸다. 위자량을 따라서 막 신형을 날리는 자가 있는가 하면 어떻게 할지 망설이는 자도 있다.

어쨌든 위자량은 돌계단 위를 향해 쏘아 가는 중이고 앞쪽의 십여 명이 그를 따라 막 신형을 날렸으며, 그보다 훨씬 더 많은 자가 공격하려는 자세를 취했다.

당평원은 움찔 놀라 급히 화운룡을 쳐다보았다.

그러나 화운룡은 태연한 얼굴이며 외려 입가에 흐릿한 미소마저 머금고 있었다.

씨유웅!

그때 야공에서 한 줄기 청량한 음향이 흘렀다.

퍽!

"끅!"

그 직후 검을 뽑아 쥐고 날아가는 위자량 뒤통수에 뭔가가 날카롭게 작열했다.

위자량은 날아가던 기세와 뭔가를 뒤통수에 맞은 탄력을 동시에 입어서 더 빠르게 날아가서는 화운룡 등이 서 있는 앞쪽에 볼썽사납게 나뒹굴었다.

그는 마치 작살에 꽂힌 물고기처럼 애처롭게 몸을 푸들푸들 떨어댔다.

"끄으으……."

그러다가 축 늘어졌는데 그의 뒤통수에는 무령강전이 깃대만 남긴 채 깊이 쑤셔 박혔으며 무령강전이 입 밖으로 절반 이상이 튀어나와 있는 끔찍한 모습이다.

당평원이 위자량을 보면서 놀라고 있을 때, 예의 방금 그 음향이 다시 터졌다.

쉐애앵!

아니, 방금 것보다 조금 더 크고 묵직한 음향이다. 무령강전이 한꺼번에 여러 발이 발사된 것이다.

퍼퍼퍼퍽!

"큭……."

"커헉!"

그리고 쥐어짜는 듯한 몇 마디 신음이 뒤를 이었다.

최초에 위자량이 신형을 날린 직후 가장 먼저 반응하여 그의 뒤를 따라 몸을 날린 일곱 명이 허공중에서 그물에 걸린 참새처럼 파닥거렸다.

쿠쿠쿵!

그리고 일곱 명은 다들 뒤통수에 무령강전 한 발씩을 꽂은 채 바닥에 추락했다.

연무장 좌우와 후방의 전각 지붕에 올라가 있는 십일룡신들이 회천탄 수법으로 발사한 무령강전이다.

불과 두 호흡 사이에 위자량을 비롯한 여덟 명이 누구에게 당하는지도 모른 채 거꾸러지자 좌중에는 지독한 공포와 무거운 적막이 무겁게 내리깔렸다. 얼마나 놀랐는지 아까처럼 웅성거리지도 않았다.

무리를 상대로 하는 싸움에서 가장 중요한 것은 무조건 기선을 제압하는 것이다.

무리라는 것은 몇 가지 중요한 특성이 있는데, 특히 동네

개들처럼 어떤 개 한 마리가 한쪽 방향을 보고 맹렬하게 짖으면 다른 개들은 그게 무엇인지도 모르고 따라서 마구 짖어대는 습성이 있다.

옛 성인들은 그러는 것을 일견폐형백견폐성(一犬吠形百犬吠聲)이라고 설파했다.

그러다가 그중에서 가장 맹렬하게 짖어대는 개 몇 마리를 때려잡으면 전체 개들이 잽싸게 꼬리를 내리고 언제 짖었느냐는 듯이 조용해진다.

지금이 바로 그런 상황이다. 전체 칠백여 명 중에서 겨우 위자량을 비롯한 여덟 명만 죽었을 뿐인데 모두 기가 죽어서 아무도 날뛰려고 하지 않았다.

누구보다 놀란 당평원이지만 재빨리 정신을 차리고 득의한 표정을 애써 감추며 우렁차게 말했다.

"또 누가 시험해 보고 싶으냐?"

이런 상황에서도 한 번쯤 더 시험해 보고 싶어 하는 놈이 어디에서나 꼭 있다.

"과연 우리가 한꺼번에 공격을 퍼부어도 그까짓 화살로 막을 수 있다고 생각하느냐?"

앞쪽의 배신자 한 놈이 목에 핏대를 세우며 떠들어댔다.

말하고 나서 주위를 둘러보며 내 말이 틀리느냐는 표정을 짓는 걸 보면 방금 그 말이 모두를 부추기려고 했다는 사실을 짐작할 수 있다.

사해검수가 당평원에게 하대로 막 나가는 걸 보면 그를 문주로 인정하지 않는다는 뜻이다.

씨유웅!

순간 밤하늘을 울리는 파공음이 모두의 귀를 울렸다.

방금 말했던 자는 움찔 놀라서 벼락같이 검을 뽑으며 주위를 둘러보았다.

퍼어억!

"흐왁!"

주위를 둘러보고 자시고 할 것도 없이 무령강전이 그의 콧등에 쑤셔 박혔다.

원래는 뒤통수에 꽂혀야 하는데 두리번거리느라 콧등에 꽂힌 것이다.

다른 자들은 돌계단을 향해 쏘아가다가 당했지만 이놈은 떠들다가 돼졌다.

당평원이 적절하게 치고 들어왔다.

"누구 더 할 말 있느냐?"

무덤 속처럼 조용했다. 입만 잘못 벙긋했다가는 대가리에 화살이 꽂힐 판국이니까 다들 입을 다물고 있는 게 상책이라고 판단한 것 같았다.

이제 당평원이 강수를 둬야 할 일만 남았다.

그는 마른침을 꿀꺽 삼키고 나서 배에 힘을 주고 지금까지보다 훨씬 우렁차게 외쳤다.

"모두 줄을 서라! 무공을 폐지시키겠다!"

무림인이 무공을 잃는다는 것은 차라리 죽는 것보다도 더한 형벌이다.

순간 좌중이 웅성웅성 시끄러워지는가 싶더니 곧 소요로 돌변하여 수십 명이 앞쪽으로 이동하며 외쳤다.

"개소리 집어치워라!"

"무공을 폐시할 바에는 차라리 죽여라!"

소요는 곧 폭동으로 번졌다. 예상했던 대로 무공을 폐지한다는 것이 소요의 기폭제가 되었다. 이들은 무공이 폐지되느니 죽음을 선택하겠다는 것이다.

"우리가 한꺼번에 공격하면 암중에서 쥐새끼처럼 숨어 화살을 쏴대는 놈들도 어쩌지 못할 것이다!"

"맞다! 한꺼번에 공격하자!"

차차창!

앞쪽의 수십 명은 잠시 사이에 백여 명으로 불어났으며 그들은 말릴 새도 없이 무기를 뽑으며 우르르 앞쪽으로 돌진하기 시작했다.

당평원은 움찔 놀라서 화운룡을 쳐다보며 이제 어떻게 하면 좋을지 표정으로 물었다.

"지아, 업혀라."

화운룡의 말이 떨어지기 무섭게 대기하고 있던 당한지가 그의 등에 업혔고, 그와 동시에 그는 훌쩍 돌계단 아래로 몸을 띄웠다.

스으읏—

그는 배신자들 중에서 돌계단을 향해 돌진하고 있는 백여 명 정면을 향해 비스듬히 내리꽂히면서 선뜻 무황검을 뽑았다.

츠응…….

백여 명의 무리는 달랑 한 명이 자신들을 향해 정면으로 돌진해 오는 것을 보고 가소롭다는 듯 외쳤다.

"짓뭉개라!"

"난도질을 해라!"

상대가 천하제일인 십절무황이라는 사실을 알 턱이 없는 가련한 무리는 침을 튀기면서 악을 썼다.

무황검이 전방을 향해 한차례 원을 그리는가 싶더니 좌에서 우 수평으로 느릿하게 그어졌다.

아니, 보기에 그렇다는 것이지 실제로는 강렬한 공력을 싣고 빠르게 그어진 것이다.

스와아앙!

순간 기묘한 음향이 흐르면서 흐릿한 검기가 거대한 수레

바퀴처럼 뽑어졌다.

콰과과과곽!

"흐아악!"

"크액!"

"와아악!"

다음 순간 처절한 비명 소리가 무더기로 터져 나왔다.

돌계단 위의 장하문과 당평원 등은 지금껏 살아오면서, 그리고 죽을 때까지 절대로 보지 못할 어마어마한 광경에 눈을 찢어질 듯이 부릅떴다.

무황검이 발출한 마치 하나의 둑 같은 흐릿한 광채의 검기가 앞으로 밀려 나가서 무더기로 돌진하는 배신자들을 휩쓸자 그들의 몸뚱이가 숭덩숭덩 한꺼번에 잘렸다. 마치 논에서 벼를 베는 것 같은 광경이었다.

투타다다닥! 쿠쿠쿵!

화운룡의 단 한 번의 칼질에 미쳐서 발광하는 개 떼처럼 돌진하던 배신자 삼십여 명이 한꺼번에 몸이 절단되어 땅바닥에 흩어졌다.

거의 모두 허리나 가슴이 두 동강 난 시체들은 바닥에서 한동안 제멋대로 펄떡거리거나 꿈틀거렸다.

피아를 막론하고 모두들 혼이 달아난 듯한 표정으로 그 광경을 바라볼 뿐이다.

장하문은 놀라는 중에도 감탄을 금치 못했다.

'과연 십절무황이시다……!'

공천은 지금껏 눈을 덮고 있던 두꺼운 막이 벗겨지는 듯한 느낌을 받았다.

그리고 화운룡이 전설의 천중인계 사신천제라는 사실을 새삼스럽게 실감했다.

땅에서 두 자 정도 허공에 떠 있는 화운룡은 무황검을 뻗어 정면의 배신자들을 가리키며 조용히 말했다.

"또 나설 테냐?"

단 한 번의 칼질에 정확하게 삼십이 명의 몸통을 자르고도 표정조차 변하지 않고 숨소리도 거칠지 않은 사람이 하는 말을 거스를 간 큰 놈은 아무도 없다.

화운룡은 이런 말까진 하고 싶지 않았지만 이 일을 빨리 마무리 짓기 위해서 어쩔 수 없이 말을 이었다.

"줄을 서라."

배신자들이 머뭇거리자 그가 무황검을 슬쩍 치켜들었다.

"줄 서라고 했다."

순간 배신자들은 눈썹이 휘날릴 정도로 후다닥 달려들어 줄을 서기 시작했다. 심지어 빨리 줄을 서려고 저희들끼리 다투기까지 했다.

한 시진 동안 배신자들 모두의 무공을 폐지하고 나니까 아침이 돼 있었다.

당평원이 무공이 폐지된 배신자들을 제 갈 길 가라고 풀어
주려니까 장하문이 만류했다.

"당분간 모두 감금하시오."

"왜 그래야 합니까?"

이제 당평원은 장하문에게도 함부로 하지 못했다.

"그들이 나가서 떠벌리고 다니면 이 근처의 천외신계 패거
리들이 들썩거릴 것이오."

"아……."

"주군께서 이 근처 천외신계 패거리들을 어떻게 하실지, 그
리고 당 문주의 거취가 결정되고 나서 그들을 풀어줘도 늦지
않은 일이오."

"알겠습니다."

당평원은 공손히 고개를 숙였다.

아침 식사 자리에서 당평원은 적잖이 놀랐다.

화운룡이 장하문을 비롯한 용신들 모두와 길게 탁자를 붙
인 한자리에서 함께 식사를 하고 있기 때문이다.

사해검문 문주인 당평원은 보통 가족과 함께든가, 아니면
혼자 하녀들의 시중을 받으면서 식사한다.

위신과 체통 때문에 절대로 수하들하고는 식사를 같이하

는 경우가 없다.

그런데 화운룡은 측근들과 다 같이 식사를 할 뿐만 아니라 조금도 격의 없이 웃으며 환담을 나누었다.

용신들 역시 최소한의 예의를 지키면서 거침없이 웃으며 허심탄회하게 말했다.

당평원은 화운룡이 비록 자신의 아들뻘인 어린 나이지만 그에게서는 숨 쉬는 것, 걷는 것 하나까지도 온통 배울 것투성이라고 생각했다.

식사가 거의 끝나갈 무렵 화운룡이 당평원에게 말했다.

"당 문주께선 수하들과 함께 비룡은월문으로 가시오. 내 그쪽에는 미리 기별을 해두겠소."

당평원은 두 손을 모으고 공손히 고개를 숙였다.

"그러겠습니다."

당평원은 이미 화운룡의 수하가 되기로 결심했으니 그의 명령에 반박할 일이 없다.

더구나 이곳 사해검문에 남아 있다가는 열이면 열 모산파를 비롯한 천외신계에게 공격을 당하게 될 것이 분명하니까 안전하게 피해 있어야 한다.

화운룡이 잔잔한 목소리로 말했다.

"당 문주와 사해검수들은 비룡은월문에서 힘을 길렀다가 나중에 세상이 평화로워지면 그때 다시 이곳에서 사해검문을 이어가면 될 것이오. 소나기는 일단 피하는 것이 상책이오."

사해검문이 이대로 끝나는 것이라고 생각했던 당평원은 화운룡의 말에 울컥 감격했다.

"그렇게 해주신다면……."

정말이지 만약 그렇게만 된다면 당평원은 지금처럼 허접한 문파가 아니라 완전히 새로우며 단단하고 강성한 문파를 만들 작정이다.

화운룡은 이번에는 장하문에게 지시했다.

"자넨 삼녹성고수를 심문하게. 필요하면 내가 그자에게 손을 써주겠다."

삼녹성고수가 묻는 대로 술술 불도록 화운룡만의 수법을 발휘하겠다는 뜻이다.

"알겠습니다."

"공천."

화운룡의 부름에 공천이 벌떡 일어나 허리를 굽혔다.

"하명하십시오."

개방 장로가 꼼짝도 못 하고 쩔쩔매자 당평원은 자신을 부른 게 아닌데도 몸이 저절로 굳었다.

"하룡이 일을 끝내는 즉시 이 일대 천외신계 족속이 있거나 포섭된 방파와 문파의 정확한 위치를 지도로 그려서 표시하도록 하게."

장하문을 제외한 모두 움찔 놀라 화운룡을 쳐다보았다.

공천은 이제야 비로소 화운룡의 계획을 짐작하고 놀란 얼굴로 물었다.

"사해검문에서 이 지역을 잘 아는 사람의 조언을 구하는 것도 괜찮을 거야."

공천은 공손히 대답했다.

"알겠습니다."

잠시 자면서 휴식을 취하기 위해 화운룡을 비롯한 십오룡신은 사해검문에서 제공한 각자의 방에 들어갔다.

보진이 화운룡의 방으로 따라 들어와서 침상의 잠자리를 보살펴 주었다.

화운룡이 옷을 입은 채 침상에 눕자 보진은 침상 아래 바닥에 가부좌의 자세로 앉았다.

화운룡은 다들 자는데 보진만 이러는 게 신경이 쓰였다.

"진아, 너도 가서 자라."

"괜찮습니다."

"여기에서 누가 날 해치겠느냐?"

보진은 물러서지 않았다.

"세상일은 한 치 앞을 모르는 겁니다."

그건 평소에 화운룡이 용신들에게 자주 하는 말인데 보진이 써먹고 있다.

"내가 불편해서 그런다."

"제가 없다고 생각하십시오."

두고 보자니까 보진의 고집이 상당하다.

화운룡은 보진이 옆에 있는 것 때문이 아니라 그녀가 불편하게 있으니까 신경이 쓰이는 것이다.

"그럼 이리 올라와라. 같이 자자."

보진은 화들짝 놀라 숨을 멈춘 채 가만히 있었다.

"이 침상은 넓으니까 둘이 자도 넉넉하다."

화운룡이라는 남자는 여자하고 한 침상에서 같이 자면 일어나게 되는 일에 대해서는 아예 모른다.

내가 이 여자를 사랑하지 않으며 또한 여자로 여기지 않으니까 불미스러운 일은 일어나지 않는다, 라는 확고부동한 생각을 지니고 있기 때문이다.

또한 보진은 여태까지 화운룡하고 지내온 동안 그가 그런 옹고집적인 성격과 상식으로 똘똘 무장됐다는 사실을 잘 알게 되었다.

"이것마저도 거절하면 나는 잠을 자지 않고 나가겠다."

화운룡이 이렇게 나오면 보진이 침상에 올라가서 잘 수밖에 없다.

화운룡은 한다면 반드시 하는 성격이므로 보진이 이 방에서 쫓겨날 수는 없는 일이다.

보진이 말없이 일어나자 화운룡은 몸을 움직여서 조금 안쪽으로 들어가 보진이 누울 자리를 만들어주고는 곧 눈을 감고 잠을 청했다.

보진이 굽어보니까 화운룡은 똑바로 누워서 두 손을 가슴에 얹고 눈을 감은 모습이다.

보진은 옷자락 스치는 소리를 내면서 화운룡 옆에 조심스럽게 몸을 뉘였다.

'세상에, 주군하고 단둘이 나란히 누워서 자다니……'

목석처럼 무덤덤한 화운룡하고는 달리 보진은 심장이 요란한 소리를 내면서 쿵쾅거리고 조금 전까지만 해도 피곤했는데 지금은 정신이 말짱해서 잠이 다 달아나 버렸다.

그런데 옆에서 화운룡이 조용히 코 고는 소리가 들려서 보진이 쳐다보았다.

조금 전에 화운룡이 말하고 나서 다섯 호흡도 지나지 않았는데 벌써 잠이 든 것이다. 보진은 이렇게 빨리 잠드는 사람을 처음 보았다.

보진은 최대한 조심스럽게 화운룡을 향해 돌아누웠다.

가늘게 코를 골면서 자고 있는 화운룡의 몹시도 준수한 얼굴이 보진의 한 뼘 앞에 있었다.

보진은 감탄했다.

'정말로 잘생기셨어……'

보진은 자지 않을 생각이다. 이렇게 가까이에서 화운룡의 얼굴을 몇 시진이고 보고 있노라면 피로가 저절로 풀릴 것만 같았다.

한참이 지나서 그녀는 조금 용기를 내어 살그머니 손을 뻗어 화운룡의 상의 옷자락을 가만히 잡았다.

화운룡하고 입을 맞춘 것도 아니고 살을 맞댄 것도 아니건만 그저 옷자락을 잡고 있는 것만으로 보진은 세상을 다 가진 것 같은 행복감을 느꼈다.

두 시진 동안의 짧은 휴식 후에 화운룡을 비롯한 십오룡신이 한자리에 모였다.

"잘 쉬었나?"

십사룡신은 고개를 숙이며 나직하게 대답했다.

공천이 홍로상전의 도담대와 당평원이 소개한 이 지역에 대해서 훤한 사해검수의 도움을 받아 완성한 지도를 탁자에 넓게 펼쳤다.

장하문은 지도를 훑어보더니 남경에서 멀지 않은 동남쪽의 한 곳을 짚었다.

"여기가 모산파입니다."

그는 삼녹성고수를 심문해서 얻은 정보를 설명했다.

"모산파 우두머리는 사녹성고수(四綠星高手)라고 합니다. 삼녹성고수의 실토로는 자신들은 사녹성고수의 명령을 받는다는 겁니다."

녹성에는 네 개 등급이 있으며 그중에서 사녹성이 최고 높은 등급이다.

"모산파를 중심으로 반경 오십 리 이내에 그나마 내로라하는 방파와 문파가 열다섯 개가 있는데 그중에 여덟 군데가 천외신계에 장악됐으며 녹성고수들이 상주하고 있답니다."

장하문은 모산파 주변의 방파와 문파들을 일일이 손가락으로 짚고 나서 말했다.

"그들 중에 사해검문이 제일 큽니다."

"사해검문과 태극신궁이 합병했을 때 이십삼 개 방파와 문파가 모였잖은가?"

"그렇습니다. 이들 열다섯 개 전체가 태사해문 규합에 가담했었습니다. 나머지 여덟 개는 모산파 오십 리 밖에 있습니다. 장강 너머 북쪽이죠."

화운룡은 잠시 골똘히 생각하는 듯하더니 이윽고 조용히 입을 열었다.

"뱀을 잡으려면 대가리를 잘라야지."

"모산파를 치시겠다는 말씀입니까?"

화운룡은 느긋하게 고개를 끄떡였다.

"그래. 모산파를 무너뜨리고 나서 이 지역의 천외신계 졸개들이 어떻게 나오는지 보도록 하자."

그의 말에 좌중에는 무거운 침묵이 흘렀다.

늦은 오후에 사해검문을 출발한 십오룡신은 모산파로 향했다.

모산파는 남경에서 동남쪽으로 사십여 리 거리에 우뚝 솟아 있는 모산에 위치해 있다.

열다섯 명이 한꺼번에 무리 지어서 이동하는 것은 눈에 잘 띄기 때문에 십오룡신은 세 명씩 다섯 개의 조로 나누어서 따로 이동을 했다.

화운룡은 보진, 공천과 한 조가 되어 두 필의 말을 타고 빠르지도, 느리지도 않은 속도로 관도를 가고 있었다.

다각다각………

보진이 화운룡의 호위고수라는 사실을 다 알고 있기 때문에 그녀가 화운룡과 한 조가 되는 것을 뭐라고 할 사람은 아무도 없었다.

세 명씩 조를 이루기 때문에 화운룡 조에는 한 자리가 남게 됐는데 그걸 두고 소녀들이 치열하게 다툼을 벌이는 진풍경이 벌어졌다.

예전에 화운룡은 숙빈의 성깔이 보통이 아니라고 생각했는데 한 자리를 두고 벌이는 싸움에서 숙빈은 아예 명패조차 내밀지 못했다.

당한지와 도도가 서슬이 퍼래서 죽기 살기로 자리싸움을 벌였기 때문이다.

벽상은 새로 사귀기 시작한 조연무와 일찌감치 짝을 이루었으며, 또 한 명의 여자인 백진정은 연인 장하문이 있으므로 화운룡이 아무리 멋있고 존경스러워도 한눈팔지 않는다.

십팔 세 동갑내기에 하늘 높은 줄 모르고 세상천지에 무서운 것이 없는 당한지와 도도는 자리다툼이 심해지다가 막판에는 무기를 뽑아 들고 싸우기 일보 직전까지 갔다.

나이가 어려서 연천몰각(年淺沒覺)도 유분수지, 하늘 같은 주군 앞에서 서로 주군하고 같이 가겠다고 싸우다니 장하문이나 공천은 물론이고 그녀들의 오라비인 당검비와 감중기조차도 말리지 못했다.

결국 화운룡이 나서서 당한지나 도도가 아닌 공천을 동행으로 선택하자 그녀들은 돌아서서 눈물을 찔끔거리면서 서로를 원망하기 바빴다.

다각다각다각…….

초가을에 접어든 한적한 관도를 규칙적인 발걸음으로 걸어가고 있는 두 필의 말에는 화운룡과 보진이 같이 타고, 공천이 혼자 타고 있었다.

화운룡 뒤에 앉은 보진은 출발할 때부터 지금껏 한시도 마음을 놓지 못한 채 바짝 긴장하고 있는 중이다.

왜냐하면 말 등의 안장이라는 것이 두 사람이 앉기에는 워낙 좁은 탓에 보진이 자신의 몸과 화운룡의 몸이 닿지 않게 하려고 애를 쓰고 있기 때문이다.

안장이 비좁기 때문에 몸이 닿는 것은 어쩔 수가 없는 일이다.

어쩔 수 없는 상황이고 또 어떤 마땅한 이유가 있으면 그것 때문에 부끄러움을 애써 견딜 수는 있다.

그것이 보진이 스스로를 설득하는 방법이다.

생사현관 타통이라는 엄청난 목적 때문에 어쩔 수 없는 일이었다.

그 덕분에 공력이 무려 백십 년이 되었으므로 절대 화운룡을 원망할 일이 아니었다.

평소 화운룡을 남몰래 존경하고 사모했다가 그 일이 큰 계기가 되어 덜컥 그를 자신의 평생 마음속의 하나뿐인 남자로 영접한 것까지는 정말 불가항력이었다.

그렇지만 그건 어디까지나 보진 혼자만의 사정이다. 화운룡은 그녀를 여자로 보지도 않고 그저 가까운 측근이나 호위고수 정도로만 여기고 있었다.

지금도 화운룡은 아무렇지도 않은데 보진 혼자서만 그에게 몸이 닿지 않게 하려고 비지땀을 흘리며 애쓰고 있었다.

그녀는 원래 남들에게는 깐깐하고 자신에게는 더욱 엄격한 성격이라서, 이런 피치 못할 상황이라고 해도 그녀가 노력을 해서 화운룡과 몸이 닿지 않을 수 있다면 죽는 한이 있어도 그렇게 하고야 만다.

똑같은 상황이라고 해도 당한지나 도도였으면 얼씨구나 하면서 화운룡을 끌어안았을 것이다. 그게 그녀들과 보진이 다른 점이다.

조금만 신경을 쓰지 않으면 그녀의 몸이 화운룡에게 밀착되어 버리는 상황이라서 그녀는 몸을 꼿꼿하게 세우고 최대한 몸을 떼기 위해 공력까지 사용하고 있는 중이었다.

그렇지만 그것은 아무리 노력을 해도 어쩔 수가 없었다. 밑바닥이 움푹 파인 하나의 작은 그릇 안에 달걀노른자 두 개를 넣었는데 그것들이 서로 들러붙지 않게 하려고 떼어내려 애쓰는 형국인 것이다.

그때 화운룡이 힐끗 그녀를 돌아보았다.

'아!'

때마침 그녀는 몸이 밀착되는 바람에 공력을 조금 더 끌어올려 떼어내고 있는 중이라서 도둑이 제 발 저리는 심정으로 움찔 놀랐다.

"너 왜 그러니?"

화운룡이 조금 의아한 표정으로 물었다. 그녀가 하도 몸을
옴찔거리면서 붙였다 뗐다 반복하는 것을 그도 느꼈던 것이
다.

"뭐… 가 말입니까?"

"왜 자꾸 몸에 힘을 줬다가 뺏다가 그러는 거냐?"

"……."

"그 바람에 몸이 붙었다가 떨어졌다가 하니까 이상하잖느
냐."

"……."

모를 줄 알았는데 화운룡은 다 알고 있었다.

"두 팔 앞으로 뻗어라."

그가 불쑥 말하자 보진은 당황했다. 어떻게 하라는 것인지
알 수가 없다.

세상천지에서 그녀를 당황시키는 사람은 아마 화운룡 하나
뿐일 것이다.

"어… 떻게 말입니까?"

"말도 못 알아듣느냐? 그냥 두 팔 앞으로 뻗어라."

"……."

보진은 두 팔을 뻗어서 화운룡의 등을 찌를 수는 없기에
그의 양쪽 옆구리 옆으로 두 팔을 뻗었다.

슥!

"앗!"

그러자 화운룡이 그녀의 두 팔을 앞으로 확 잡아당기는 바람에 그녀의 몸이 그의 등에 찰싹 들러붙었다.

"주… 주군……."

보진은 몸이 밀착되고 그의 등에 눌리는 상황이 되자 크게 당황했다.

그런데 화운룡은 아예 한 걸음 더 나갔다. 그녀의 두 손을 자신의 배에 붙여주며 명령하듯 말했다.

"손깍지 껴라."

"……."

"안 할 거냐?"

이것은 보진이 하고 싶어서 하는 게 아니라 지엄하신 주군의 명령이니까 어쩔 수 없이 하는 것이다, 라고 생각하니까 못할 것도 없다.

보진은 화운룡의 가슴과 배의 경계 부위에 둘러진 자신의 두 손을 깍지 꼈다.

남자의 몸통이라는 것은 여자하고는 달리 매우 두껍기 때문에 보진은 손깍지를 끼기 위해서 화운룡에게 몸을 한껏 밀착시키고 두 팔로 꼭 안아야만 했다.

어쩔 수 없이 화운룡과 한 몸처럼 밀착된 보진은 더 이상 그에게서 몸을 떼려고 공력을 사용하지 않아도 좋았다.

그때 화운룡이 나직이 말했다.

"내 등에 뺨을 대고 한숨 자라."

사실 그런 자세에서 보진은 얼굴을 어떻게 하지 못해서 곤란했었는데 화운룡이 그녀의 사정을 짐작한다는 듯 배려를 해주자 그녀는 안심하고 그의 등에 뺨을 댔다.

이것은 그녀가 원한 것이 아니라 순전히 주군의 명령에 따른 것이다.

그런데 그 명령이 그녀를 아주 편안하고 행복하게 해주었다.

*　　　　*　　　　*

화운룡은 서두르지 않은 탓에 십오룡신 중에서 가장 늦게 도착한 조가 되었다.

그는 오면서 보진이 뒤에서 자신을 안고 있는 것이 나중에는 커다란 혹이 매달려 있는 것처럼 여겨져 중간에서부터는 그녀를 자신의 앞에 앉혔다.

보진은 언제나 그랬던 것처럼 처음에는 어색했지만 시간이 흐르자 차츰 그 자세에 익숙해졌다.

십오룡신이 만나기로 미리 약속한 모산 근처의 아담한 장원에 도착할 즈음에 보진은 몸을 뒤로 비스듬히 눕혀서 화운룡의 가슴에 눕듯이 기대어 앉은 자세를 취하게 되었다.

이 자세 역시 그녀가 좋아서 취한 것이 아니다. 이런 자세를 취해야지만 화운룡의 시야를 가리지 않는다.

그런데 이런 자세를 취하고 있으면 그녀 역시 매우 편하다. 누이 좋고 매부 좋은 것이다.

더구나 그녀가 기댄 것이 벽이 아니라 사람, 그것도 화운룡의 넓고 포근한 가슴이라는 사실은 그녀에게 엄청나게 큰 의미가 있다. 그녀는 오늘 생애 최고의 날을 보내고 있다.

장원은 당평원이 소개해 준 곳이다. 무림하고는 상관이 없는 유학자가 사는 곳이며, 늙은 유학자는 다섯 채의 전각 중에서 한 채를 십오룡신에게 선뜻 내주었다.

먼저 도착한 용신들은 다들 씻고 나서 휴식을 취하고 있는데 당한지와 도도는 전문 밖에 나와서 이제나저제나 화운룡이 올까 목을 빼고 기다렸다.

그러다가 두 소녀는 저만치에서 두 필의 말이 천천히 다가오는 것을 발견했다.

다각… 다각…….

당한지와 도도는 뒤에서 오는 말을 향해 앞다투어 달려가다가 그 자리에 뚝 멈추고 놀라는 표정을 지었다.

마상의 앞에 보진이 앉아서 뒤에 앉은 화운룡에게 기대어 있는 모습을 본 것이다.

두 소녀가 보기에 보진은 더없이 편안하고 행복한 표정을 짓고 있었다.

전문 앞에 도착했기에 몸을 세우려던 보진은 당한지와 도도가 달려오다가 멈추고는 자신을 묘한 표정으로 노려보고 있는 것을 발견했다.

그래서 몸을 바로 세우려던 보진은 생각을 바꿔서 그냥 그대로 있기로 했다.

방금 든 생각인데 당한지와 도도에게 지금 자신의 모습을 은근히 과시하고 싶어졌다.

사실 그녀는 그런 으스대는 성격 같은 것을 지니고 있지 않았었는데 방금 두 소녀를 보자 갑자기 생겨 버렸다.

더구나 보진은 한술 더 떠서 두 소녀를 딱딱한 어조로 꾸짖었다.

"너희는 주군을 대하고도 예를 취하지 않는 것이냐?"

당한지와 도도는 화들짝 놀라서 급히 허리를 굽혔다.

"주군을 뵈어요."

"오냐."

화운룡이 고개를 끄떡이더니 한 팔로 보진의 허리를 안고는 말에서 훌쩍 뛰어내렸다.

그는 보진의 허리를 풀어주고 전문으로 걸어갔다.

"들어가자."

이쯤 되자 보진은 더할 나위 없이 의기양양해져서 말고삐를 잡고는 뻐기듯이 화운룡의 뒤를 따랐다.

　그긍…….

　전문이 열리고 화운룡이 안으로 들어서자 기다리고 있던 용신들이 두 줄로 늘어서 그에게 공손히 허리를 굽혔다.

　"주군을 뵈옵니다."

『와룡봉추』7권에 계속…